21 ESCRITORES brasileiros

Uma viagem entre mitos e motes

**Escrituras Editora e Distribuidora de Livros Ltda.**
Rua Maestro Callia, 123 – Vila Mariana – 04012-100
São Paulo, SP – Telefax: (11) 5082-4190
e-mail: escrituras@escrituras.com.br
site: www.escrituras.com.br

Coordenação editorial
**Raimundo Gadelha**

Produção editorial
**Anderson Nobara**

Capa
**Ricardo Siqueira**

Projeto Gráfico
**Ricardo Siqueira**
**Wildiney Di Masi**

Revisão
**Joana Canêdo**
**Rita Narciso Kawamata**

Impressão
**Palas Athena**

Dados Internacionais de Catalogação na Publicação (CIP)
(Câmara Brasileira do Livro, SP, Brasil)

---

Lucena, Suênio Campos de

21 escritores brasileiros: uma viagem entre mitos e motes / Suênio Campos de Lucena. – São Paulo: Escrituras Editora, 2001.

1. Cultura – Brasil 2. Escritores brasileiros: – Entrevistas 3. Literatura brasileira I. Título.

01-3681 CDD-869.9803

---

Índice para catálogo sistemático:

1. Escritores brasileiros: Entrevistas: Literatura brasileira 869.9803

Impresso no Brasil
*Printed in Brazil*

**SUÊNIO CAMPOS DE LUCENA**

À Queridíssima Pepita, esses
bate-papos, histórias tristes e engraçadas,
um pouco da nossa literatura brasilei-
ra. Um grande abraço!
Suênio Campos.
JPa, 2. dezembro. 2005.

# 21 ESCRITORES brasileiros

## Uma viagem entre mitos e motes

escrituras
São Paulo, 2001

Aos escritores que buscam, com seu ofício,
o gosto da semente.

– Já é tempo de uvas? – perguntei colhendo um bago. Era enjoativo de tão doce mas se eu rompesse a polpa cerrada e densa, sentiria seu gosto verdadeiro. Com a ponta da língua pude sentir a semente apontando sob a polpa. Varei-a. O sumo ácido inundou-me a boca. Cuspi a semente: assim queria escrever, indo ao âmago do âmago até atingir a semente resguardada lá no fundo como um feto.

Lygia Fagundes Telles, *Verde lagarto amarelo*

# SUMÁRIO

# DIÁRIO DE BORDO

Este livro nasceu do desejo de conhecer o que pensam, fazem e sonham os homens e mulheres que criaram Severino (*Morte e vida severina*), Odorico Paraguaçu (*O bem amado*), Virgínia (*Ciranda de pedra*), Odete Roithman (*Vale tudo*), Maria Moura (*Memorial de Maria Moura*) e tantos outros grandes, loucos, engraçados, nobres, humildes e famosos personagens que marcam a ficção brasileira contemporânea.

Um livro que me consumiu quatro anos (1996-2000) – vividos entre leituras de jornais, biografias e entrevistas*, além da checagem de diversas informações –, desde quando me lancei literalmente na estrada com a intenção de desvendar parte do "jogo de cena" que move a nossa literatura. Com isso, queria extrair experiências pessoais e passionais que cercam a vida dos escritores e seus trabalhos (não apenas literários, como são os casos de Gilberto Braga, Dias Gomes e Luis Fernando Verissimo), algo distante dos relatos encontrados nos suplementos culturais.

Dando destaque a uma certa vida literária, corri o risco de ser superficial, mas busquei esta abordagem por acreditar que, além de didático – situando quem fez o quê, como, onde e quando –, estaria evitando as perguntas rotineiras ("qual o mistério da criação?") e ressaltando fatos marcantes da biografia de cada autor,

* Há iniciativas anteriores que merecem ser citadas, como *De corpo inteiro*, de Clarice Lispector (Rio de Janeiro: Rocco, 1999); *Entrevistas com escritores brasileiros*, de Denira Rosalho (São Paulo: Cultura Editores, 1986); *Viver e escrever*, de Edla Van Steen (Porto Alegre: L&PM/INL, 1982); e os perfis reunidos por Ana Miranda em *O príncipe e o sabiá*, de Otto Lara Resende (São Paulo: Companhia das Letras, 1994). No Brasil, é mais fácil encontrar livros reunindo entrevistas com autores estrangeiros. A despeito da grande quantidade consultada, cito apenas três: *A força da palavra*, de Betty Milan (Rio de Janeiro: Record, 1996); *O Globo: grandes entrevistas*, organizado por Luciano Trigo (Rio de Janeiro: Globo, 1994) e, por fim, *Os escritores: as históricas entrevistas da Paris Review*, seleção de Marcos Maffei (São Paulo: Companhia das Letras, 1988).

sem dispensar suas reflexões e visão de mundo. Com essa (des)pretensão, procurei não apenas autores já conhecidos, mas também novos, de incontestável talento, como a baiana Állex Leilla e o mineiro Carlos Herculano Lopes. Aquém e além da fama, o que os une, como afirma Lygia Fagundes Telles, é o "duro ofício da palavra".

As entrevistas revelam um bom número de polêmicas, expondo, sem a menor cerimônia, os bastidores da política, da economia, da cultura e, claro, da literatura brasileiras: Sérgio Sant'Anna critica Ferreira Gullar, que por sua vez critica Francisco Weffort e relembra o eterno confronto com os poetas Augusto e Haroldo de Campos; todos a favor de Machado de Assis e todos contra Paulo Coelho; Antonio Callado, numa de suas últimas entrevistas, combate Roberto Campos; Dias Gomes se opõe à insistência em torno de Nélson Rodrigues; Affonso Romano de Sant'Anna reclama da revista *Veja* e da *Folha de S. Paulo*, afirmando que Manoel de Barros parafraseia Guimarães Rosa... Mas, além disso, lembranças amargas e cômicas, histórias verídicas e falsas (Graciliano Ramos jogou *Angústia* na lata do lixo; Clarice Lispector comeu um frango inteiro após uma palestra de José Guilherme Merquior) confirmam ou desmancham mitos eventualmente construídos.

O objetivo, como disse, era tentar montar e entender parte do quebra-cabeça das nossas cultura e literatura a partir de temas pessoais, em geral dispensados pela mídia. Sabia que só assim poderia tocar em controvérsias, como o homossexualismo de Mário de Andrade e Pedro Nava, e arrancar declarações inusitadas, como quando Gilberto Braga diz que tomou Dalmadorm com vinho do Porto para dormir, devido às pressões da Globo na saída de Vera Fischer de uma novela.

Lidas em conjunto, as entrevistas formam uma fragmentada radiografia do nosso cenário cultural e de muitos dos seus personagens, feita pelo pensamento nunca monolítico dos nossos escritores. Ao contrário, a série interessa sobretudo por essa diversidade de opiniões, que se chocam, se completam e só às vezes coincidem.

Outros tantos nomes mereceriam figurar aqui, mas seria necessária uma enciclopédia para abrigá-los. A seleção nem sempre obedeceu à minha preferência de leitor (algumas vezes o teor da discussão evidencia isso), eventualmente cometendo omissões devido mais a razões práticas (como o autor estar fora do país) do que deliberadas. A idéia foi restringir a 21 escritores, tomando o número emprestado do novo século. De qualquer forma, grande parte dos autores brasileiros "está" neste livro, graças às discussões em torno de seus nomes e obras.

Para a realização de cada entrevista, elaborei pautas imensas que, a despeito do trabalho exaustivo de pesquisa, muitas vezes acabaram esquecidas. A história desses encontros (realizados em bares, academias e residências) daria um outro livro, porque sempre me pareceu sublime o instante em que o gravador era acionado, e começava, de um lado, a expectativa das perguntas e, do outro, a torrente de questões sem fim, quando eu esquecia a suposta isenção jornalística. Em geral, é possível retirar grandes lições desses interlocutores apressados, irônicos, divertidos e até irritados, mas todos contagiados pelo desejo de falar e, no fundo, torcer para que a entrevista sirva de ponte entre eles e seus leitores. Essa ponte, aliás, foi uma das principais razões para fazer esta coletânea.

Por fim, não posso deixar de agradecer a esses seres apaixonados por seus ofícios, que gentilmente me receberam, muitas vezes sacrificando agendas e interrompendo seus escritos; além de seus familiares, secretárias, editores e todos os que facilitaram o meu acesso.

Salvador. Rio de Janeiro. Belo Horizonte. São Paulo. Curitiba. Porto Alegre. Na volta, com mais de sessenta fitas cassetes para transcrever, era preciso desbastar as falas, seguindo o esforço de deixar apenas o sumo, às vezes ácido. Espero ter conseguido. Vinte e uma entrevistas com escritores brasileiros para abrir o século. Que ele seja de paz. E com muita literatura.

# JORGE AMADO

Representante destacado da Geração de 30, o escritor Jorge Amado de Faria, membro da Academia Brasileira de Letras (entre 1961 e 2001), nasceu em 10 de agosto de 1912, na fazenda Auricídia, pertencente a Itabuna, Bahia, e faleceu aos 88 anos, em 6 de agosto de 2001 em Salvador. Autor mais conhecido do Brasil, traduzido para todos os continentes (é citado pelo *Livro dos Recordes* como um dos mais lidos do mundo), tem sido adaptado com igual sucesso para o cinema, TV e teatro. Publicou cerca de trinta romances, dentre eles: *Mar morto*, *Gabriela cravo e canela*, *Dona Flor e seus dois maridos*, *Tieta do agreste*, *Tenda dos milagres*, *Teresa Batista cansada de guerra*, *Tocaia grande* e *A descoberta da América pelos turcos*. Escreveu ainda *Navegação de cabotagem*. Foi casado por mais de 50 anos com a também escritora Zélia Gattai (1916), autora de *Anarquistas, graças a Deus* e *A casa do Rio Vermelho*, dentre outros.

*Participaram da entrevista os escritores baianos Hélio PÓLVORA, Luís Claudio DALTRO e o crítico de arte Clodoaldo LÔBO.*

SUÊNIO: Como eram suas relações com os "três Andrades" do Modernismo?

AMADO[1]: Fui admirador e amigo de Oswald de Andrade. Numa época em que sua obra e sua atuação eram contestadas e negadas, fui dos poucos a proclamá-lo escritor fundamental nas letras brasileiras,

[1] Todas as entrevistas foram realizadas pessoalmente, sempre evitando o telefone ou qualquer outro meio eletrônico. Única exceção foi aberta ao escritor Jorge Amado que, devido ao seu estado de saúde, ditou as respostas para a secretária.

grande poeta e romancista. Fomos amigos fraternos. Nos idos de 1945, mesquinharias da vida partidária colocaram distância em nossas relações. Considero que Oswald escreveu dois dos romances mais importantes da nossa novelística: *João Miramar* e *Serafim Ponte Grande*, além de ter sido um poeta extraordinário.

Com Mário de Andrade, que em 1936, quando da publicação de *Mar morto*, me nomeou doutor em romance, e de quem eu era admirador, mantive relações cordiais. Nem sempre tão cordiais, pois meu radicalismo partidário me levou em certos momentos a discordar dele. Eu era um comuna sectário e Mário era intocável. Não chegamos a ser amigos.

Fui admirador e amigo de Carlos Drummond de Andrade. A partir dos anos 60 nossas relações se tornaram mais próximas. Em certo Natal, não me lembro de que ano, ele escreveu um poema dedicado a Zélia e a mim, de muito carinho, e nos enviou com os votos de Ano Novo. Tive ocasião de participar em Paris, pouco antes da sua morte, de um ato em homenagem à sua poesia.

PÓLVORA: Nos seus primeiros romances o senhor praticou o que era chamado de "realismo socialista". A essa altura, acha que teria feito o "romantismo proletário", de Máximo Górki?

AMADO: Só ouvi falar de "realismo socialista" na década de 50, uma invenção literária do stalinismo. Quando escrevi *Cacau*, em 1932, havia terminado de ler *Passageiros de terceira*, do alemão Kurt Klaber, que o autor classificava como romance proletário. "Será *Cacau* um romance proletário?" – perguntei na nota introdutória daquele livro. Uma tolice resultante da minha posição radical: o radicalismo leva sempre à tolice – pelo menos.

Vale a pena recordar que *Cacau* rompia violentamente com a tradição idílica da novelística rural brasileira anterior a 1930. Gorki me ensinou o amor aos vagabundos.

SUÊNIO: O senhor tem repetido inúmeras vezes que nunca houve socialismo.

AMADO: A Revolução de Outubro pretendia implantar o socialismo na Rússia czarista. Não conseguiu fazê-lo. A União Soviética transformou-se numa ditadura que falava em nome do socialismo e não era socialista. O chamado "socialismo real" foi uma contrafação autoritária do socialismo. Espero que um dia tenhamos uma sociedade socialista, fraterna e justa, o que só poderá suceder dentro da democracia.

SUÊNIO: Muitas pessoas apontam uma possível contradição no fato de um "comunista de carteirinha", como o senhor foi, manter boas relações com Antonio Carlos Magalhães, tradicional político baiano.

AMADO: Contradição? Por quê? O atraso dos intelectuais brasileiros faz com que eles considerem que amizade significa solidariedade política – outra tolice. Sou amigo de Antonio Carlos Magalhães, não sou seu correligionário. Estimo no ex-governador da Bahia sua indiscutível capacidade administrativa, seu amor à Bahia, seu devotamento à cultura. Estimo, sobretudo, um ser humano de grandes qualidades pessoais.

PÓLVORA: Seu companheiro de geração, Érico Verissimo, se preocupava muito com o futuro da obra dele. O senhor tem essa preocupação em relação à sua?

AMADO: Não, não tenho essa preocupação.

SUÊNIO: O senhor tem consciência de ter criado uma certa "Bahia amadiana", ou seja, ter dado um retrato à Bahia?

AMADO: Tenho consciência de ter recriado a vida do povo da Bahia, sobretudo das camadas mais pobres e discriminadas da população – as putas e os vagabundos, dentro dos limites de minha novelística.

LÔBO: Não tem receios de sua obra se tornar, no futuro, um cartão-postal da Bahia?

AMADO: Não sou adivinho, não sei o que acontecerá no futuro com minha obra. Cartão-postal? E daí?

DALTRO: Durante toda a sua vida, o senhor ajudou novos artistas. Contudo, isso me parece uma exceção. Os escritores maduros não querem saber das novidades. A que atribui essa indiferença?

AMADO: Penso que quando um escritor tem a sorte de obter sucesso, deve estar atento aos jovens escritores, disposto a apoiá-los no que puder.

DALTRO: O senhor não sofre daquela melancolia terrível tão comum aos artistas. Teria algum conselho a dar para os jovens angustiados, àqueles que acham a vida insuportável?

AMADO: Meu clima não é o da melancolia nem o da angústia. Acho a vida bela e creio que deva ser vivida ardentemente.

SUÊNIO: Já afirmou que seu romance preferido é *Tenda dos milagres.*

AMADO: *Tenda dos milagres* trata da formação da nacionalidade e da cultura brasileiras. Por isso eu o destaco entre os meus livros. No que se refere à estrutura do romance, creio que *Tocaia grande* é o mais bem-feito.

SUÊNIO: O senhor gosta do resultado das adaptações de sua obra? Comente algumas, como a novela *Tocaia grande*; *Quincas Berro D'água*, peça adaptada por Claudius Portugal; e *Tieta*, filme de Carlos Diegues.

AMADO: Não posso comentar a adaptação de *Tocaia grande*, porque, à época, a Manchete não tinha repetidora na Bahia, portanto não vi nenhum capítulo. Quanto à peça *Quincas Berro D'àgua*, de Claudius Portugal, eu a vi, pareceu-me excelente. Cacá Diegues é um cineasta muito importante. Alguns de seus filmes são dos melhores entre os que se fizeram no Brasil. Gosto especialmente de *Bye-Bye Brazil.*

SUÊNIO: Acompanha os números de venda de seus livros? Houve uma queda?

AMADO: Fico a par da venda de meus livros pelos relatórios trimestrais da editora Record, que os publica no Brasil. Segundo a editora, as edições de *A descoberta da América pelos turcos* bateram todos os recordes.

SUÊNIO: Nesse livro o senhor afirma: "Sou um romancista limitado e repetitivo, conforme opinião corrente e expressa pelos nobres senhores da crítica..." Apesar do tom irônico, não soa estranho ouvir isso do ficcionista com maior número de livros vendidos (mais de 20 milhões, traduzido para 50 idiomas), segundo o *Livro dos Recordes*?

AMADO: Por que estranho? Sou de fato um romancista limitado e repetitivo.

SUÊNIO: Jorge Amado é nome de praça, escola, avenida. Suas obras são títulos de bares, lanchonetes e até cidade. Há ainda uma infinidade de teses e publicações acadêmicas. Sua casa no Rio Vermelho tornou-se um ponto turístico, sem falar que o senhor é o único escritor brasileiro transformado em personalidade pública.

AMADO: Você, além de generoso, é exagerado. Sou muito solicitado, o que limita meu tempo e minha privacidade, reduzindo minhas possibilidades de trabalho criador.

SUÊNIO: Que fim teve o livro *Bóris, o Vermelho?*

AMADO: Tenho 86 páginas escritas, mas não sei se voltarei a trabalhar nesse livro.

DALTRO: O senhor foi vendo alguns amigos indo embora, outros chegando. A vida é mais trágica do que cômica?

AMADO: A meu ver não é nem trágica nem cômica. A vida é bela, vale a pena viver.

## GILBERTO
# BRAGA

O novelista Gilberto Tumscitz Braga nasceu na cidade do Rio de Janeiro, em 1945. É autor de vários sucessos da teledramaturgia brasileira, dentre eles: *Escrava Isaura*, *Dancyn'days*, *Vale tudo*, *O dono do mundo*, *Pátria minha* e *Força de um desejo*, bem como as séries *O primo Basílio* (adaptada da obra de Eça de Queirós), *Anos dourados*, *Anos rebeldes* e *Labirinto*, todos produzidos pela Rede Globo. Vive com seu companheiro, o decorador Edgar Moura Brasil.

SUÊNIO: Concorda que suas novelas realçam a classe alta carioca?

BRAGA: Estou meio cansado desse rótulo. As pessoas precisam ver outras nuances... No seu trabalho[2], por exemplo, não concordo quando diz que não utilizo o humor. Até nas cenas mais pesadas, como algumas de *Anos rebeldes*, escrevo pensando num certo tipo de humor. Nunca, claro, escrachado ou fácil.

SUÊNIO: Foi um dos primeiros autores de telenovela a dividir o trabalho. A sua primeira colaboradora foi Leonor Bàsseres?

BRAGA: Não. Na verdade foi o Manoel Carlos, em *Água viva*. Eu tinha um grande conflito porque não sabia se realmente queria escrever telenovela. Fiz análise e quando estava no capítulo 30 de *Água viva*, por causa da análise, fui ao Boni [*José Bonifácio de Oliveira Sobrinho*] e falei que queria alguém para me ajudar. Ele achou a coisa natural. Janete Clair, na época, disse: "Gilberto, não faça isso. Você é capaz de fazer sozinho". Viram como uma fraqueza minha. Não era. Era uma força, saber dividir um trabalho, não se achar um super-homem. Foi uma conquista que consegui com

---

[2] O novelista refere-se a um texto de minha autoria, *Gilberto Braga: o brilhante dono das oito* (São Paulo: ECA/USP, 1995 – mimeo.).

a psicanálise. O problema é que não trabalho menos não. Como a gente é caxias, quer agradar, dar o máximo, não trabalha menos não... Já que há co-autores, o que a gente quer é melhorar o nível, então acaba trabalhando 14 horas por dia. Tenho certeza, entretanto, que se alguém vir *Dancin'days* e depois *Vale tudo* vai perceber que esta é muito melhor, até porque teve o Aguinaldo [*Silva*] e a Leonor, que são craques.

SUÊNIO: Teve problemas com a censura?

BRAGA: Muitos. Até quando existiu. Ia a Brasília (graças a Deus nunca mais tive que ver aquela cidade feia) quase uma vez por mês. Era chamado para depor. Você viu o último capítulo de *Anos rebeldes*? Botei um personagem que não tinha nada a ver comigo, vivido pelo ator Pedro Cardoso, que escrevia a *Escrava Isaura*. Na cena ele está na Censura Federal. A censora ameaça tirar a novela do ar, até ele afirmar que nunca mais escreverá a palavra escravo. Vivi isso, não mudei uma palavra. Em *Brilhante*, por exemplo, já não ia mais a Brasília porque sou acomodado. Passei a aceitar o jogo deles. Nessa novela não escrevi nem um terço do que tinha vontade. Eu mesmo já fazia os cortes.

SUÊNIO: Nessa novela há um casal homossexual.

BRAGA: Foi completamente escrito para passar na censura. No último capítulo usei um artifício para mostrar que a mãe do Inácio, personagem do Dênis Carvalho, aceitava o seu homossexualismo. Usei um artifício para ficar claro que era uma relação homossexual. Na época, a censura mandava o certificado sem a trilha sonora. A sonorização era feita depois. Escrevi a cena em que o romantismo ia ficar na sonorização. Não cortaram nada. Você tinha Fernanda Montenegro, Renée de Vielmond e Renata Sorrah, mãe, ex-mulher e irmã de Inácio, se despedindo dele com um amigo, eles iam para Nova York. Escrevi a cena e o Marcos Paulo dirigiu sabendo que era uma armação. No momento em que eles entram no túnel que dá para o avião pusemos uma música bastante romântica. Foi o que conseguimos de mais grandiloqüente para as pessoas entenderem que não eram apenas dois amigos.

SUÊNIO: Dentro da emissora já sofreu algum tipo de censura?

BRAGA: É um pouco difícil eu saber. Sou tão conformado, tão conformista, sei lá como devo chamar. Submeto-me tanto...

SUÊNIO: Você não ousa muito, é isso?

BRAGA: É. A minha autocensura é muito forte. Quando tenho alguma dúvida, falo com eles. Seria ingênuo se achasse que iria enganar o Roberto Marinho. Sou um assalariado deles. Inclusive, o Roberto Marinho tem uma posição, a direção de programação tem outra. Quando alguém fala "a TV Globo", é uma simplificação. Nela, há pessoas que são de finanças e não ligam a mínima para a programação, enquanto outras se preocupam com a qualidade. Vou ser bobo de achar que vou passar a perna em pessoas muito inteligentes e poderosas? Não. Prefiro abrir o jogo. Se vou escrever *Anos rebeldes,* pergunto: "Eu posso fazer?" Aí, perguntam: "Vai ter cenas de tortura?" Digo "não", não vejo porque mostrar cenas de tortura em televisão. Mas denúncia, contar como é que foi, isso vai ter. Respondem-me: "Deixa eu conversar para ver se pode". Eu sou cúmplice. Sou censurado ou não sou? Sou. Sou muito cuidadoso, não sou louco de querer passar a perna nos poderosos.

SUÊNIO: Acha que ainda há preconceito da elite intelectual em relação às telenovelas?

BRAGA: Sim, mas é de uma elite intelectual tão fraquinha que estou pouco ligando. Porque a elite intelectual mais esclarecida respeita a telenovela; quem não respeita é a subelite. Conheço vários intelectuais que a respeitam. Claro que encontro gente esnobe, mas são poucas pessoas, porque seria a mesma coisa que esnobar a novela de rádio dos anos 40, da Rádio Nacional, toda a cultura popular que fez o país. Um intelectual não-sério esnoba isso. Alguém que não leva a sério um programa como *César de Alencar* é um idiota.

SUÊNIO: Como gosta de classificar a telenovela? Algo que beira o *kitsch*, o *cult*? Ou vê como um gênero próximo do cinema, da literatura?

BRAGA: Sou tão ruim para tudo que é teórico... Nunca na minha vida consegui escrever um trabalho feito o seu. Não é o meu barato. Não sei nem se sou intelectual, entende? Trabalho com o instinto, não sei teorizar...

SUÊNIO: Refazendo a pergunta, como enxerga a novela, como vê o produto?

BRAGA: Pessoalmente, com grande orgulho. O escritor de televisão bem-sucedido tem uma posição ótima dentro da profissão de escritor. Temos um pagamento, não em dinheiro, mas em afetividade, que poucos escritores entre os maiores da história da humanidade tiveram. Nem Shakespeare chegou a um lugar cheio de gente em que todo mundo estivesse vendo o trabalho dele naquela hora. Não estou sendo pretensioso, apenas analiso uma realidade. Nem Molière teve. A repercussão do lançamento de uma peça de Molière, por mais popular que ele seja, comparada à de uma novela como *Roque Santeiro* ou *Vale tudo*, é nula. É claro que o Brasil todo não viu *Anos dourados*, mas a minha sensação era essa. Trabalhei na sonorização. Chegava em casa – era a Copa do Mundo [*1986*] – às duas horas da manhã, pois a cabina de som fechava nesse horário, e a garotada que enfeitava as ruas vinha me cercar para discutir os próximos capítulos. Um escritor que não é de TV nunca teve isso, algo que acho maravilhoso. Outro aspecto importante é que comecei em televisão totalmente por acaso. Até hoje não sou um homem de TV.

O Silvio [*de Abreu*] tem uma visão do geral. Gosta, vê TV. Gosto de música, de cinema, de ler. Televisão é no que trabalho. Vejo as outras novelas, ou mesmo as minhas, como trabalho. Gravo e vou ver. Não tenho aquela relação televisão/espectador. Nunca na minha vida eu entrei no meu quarto e liguei a TV. Isso a maioria das pessoas faz, mesmo as de elite. Eu ligo o som. Ouço música.

Comecei em televisão achando que estava de passagem, que ia fazer cinema, a grande paixão da minha vida, e demorei muito a me convencer que não estava de passagem. Houve isso porque achava TV uma coisa menor. Com psicanálise e amadurecimento, cheguei à conclusão que novela era tão importante para minha formação quanto qualquer coisa erudita. Comecei a pensar que na minha formação Balzac, Dostoiévski, Flaubert, Dickens, Thackeray foram tão importantes quanto programas de rádio que ouvi, como *As aventuras do anjo*, *Jerônimo*, *O herói do sertão*, *O direito de nascer*... Isso tudo ajudou a me formar com o mesmo peso. Só que essa cultura erudita... *Madame Bovary*, por exemplo, lembro que li umas três vezes. Sei que Flaubert ficou, a mesma coisa com Balzac e tal. Se você me pedir para contar um capítulo de *Jerônimo* não vou lembrar, mas tenho certeza que em termos de emoção e de formação da minha sensibilidade, foi tão importante quanto. Descobri isso quando era mais jovem e ingênuo. Nessa época, se eu quisesse dar um presente melhor, iria pensar: "ah, quero uma coisa que dure". Com o amadurecimento, cheguei à conclusão de que isso não existe, é fantasia. Agora, se for te dar um presente, tanto faz que seja uma caixa de prata quanto um vinho ou um perfume. Comecei a valorizar mais o momento e perdi essa fantasia da coisa que dura.

SUÊNIO: Acabou de dar a sua definição.

BRAGA: De coração, não de teórico. Porque de teórico não sei nada. Isso deve ter a ver com o Louvre. O governo Mitterrand se preocupou em não manter o museu como uma coisa estática, então constroem a pirâmide porque aquilo tem movimento, vida.

SUÊNIO: Em algum momento já se sentiu incompreendido? O episódio que envolveu a personagem do Tarcísio Meira (Raul Pellegrini), em *Pátria minha*, te abalou[3]?

BRAGA: Fiquei muito triste, deprimido. A mídia faz fofoca, quer vender. Ela sabia muito bem que não sou racista, mas quer vender jornal. Mas meu problema não era com a mídia, e sim com parte

[3] Na cena, o milionário Raul Pellegrini constata o sumiço de um valioso objeto do seu cofre particular e acusa um empregado negro, aproveitando-se da ocasião para execrar a sua raça e condição social.

do movimento negro. Respondi a inquérito policial por racismo, prestei depoimento em delegacia, quando evidentemente sou um lutador anti-racismo. Tenho medalha *Pedro Ernesto* votada por Benedita da Silva pela luta contra o racismo na novela *Corpo a corpo*. Sou capaz de dar um soco na cara se assistir a uma atitude racista, então fiquei magoado. Em todo caso, a incompreensão veio apenas de certos grupos do movimento, porque outros compreenderam. Mas agora já entendi. Ser negro no Brasil é uma barra, é ruim, difícil. Por mais que eu tenha sensibilidade e consiga me colocar no lugar de outra pessoa, nunca sentirei o nível de humilhação que é para um negro ser o primeiro escolhido numa batida policial. Fiquei muito magoado na época porque é chato você fazer uma coisa para chamar a atenção, e ser acusado de racista, não é? Aqui há uma cisão. Pessoas como eu acham que para melhorar o problema você tem que mostrar a verdade e lutar contra isso; outras acham que é melhor você fingir que não existe e mostrar na TV uma fantasia.

SUÊNIO: Houve outros momentos de incompreensão?

BRAGA: Outro caso foi no início de *O dono do mundo*, em que a classe A, a imprensa, o pessoal mais esclarecido entendeu muito bem o que eu estava contando, mas o pobre se sentiu ofendido, rejeitou a novela e a audiência de *Carrossel* [*novela do SBT*] subiu. Entendi isso perfeitamente. O Arnaldo Jabor fez um artigo brilhante, e hoje vejo que errei. *O dono do mundo* devia ser a novela mais séria e ousada que já fiz. Era de uma crueldade absurda. Para o pobre era muito difícil assistir à novela. Para os ricos também. Uma amiga rica me disse, na segunda semana, que via a novela toda noite, mas sentia-se nervosa. Imagine as pessoas que estavam com dificuldades para comer, que são a maioria. A novela era brutal. Nos primeiros capítulos a personagem da Maria Padilha se dirigia para uma empregada e dizia: "Escuta, se você quebrar este cinzeiro aqui eu vou descontar. Ele custa um ano do seu salário!" Isto é a realidade, mas é muito cruel botar em televisão. O pobre não agüenta. Posso colocar num filme, numa peça... Mas a pessoa que está sofrendo não agüenta ver isso. O que havia na novela eram ricos dando porradas e pobres sem a menor chance de sobreviver. A manipulação que o personagem do Antonio Fagundes [*Felipe Barreto*] faz com a família da Márcia, pessoas puras, ingênuas, é de uma crueldade total.

O desprezo da classe alta pelo pobre no Brasil é revoltante, e eu botei isso no ar. A classe dominante, muito bem alimentada, vê e gosta; o pobre não consegue ver. Hoje saberia fazer aquilo sem assustar tanto o pobre. Tinha de pôr desde o início uma personagem como a Raquel, de *Vale tudo*, para que o pobre pensasse "essa daí vai me defender". Uma das correções feitas para a novela subir de audiência foi transformar o Beija-Flor numa figura como a Raquel. Ele era um cara à beira da marginalidade que dizia "é melhor assaltar ou ganhar salário mínimo?" Isso é assustador.

SUÊNIO: Algumas novelas suas começam mostrando este cenário, mas depois se voltam para algo mais folhetinesco.

BRAGA: É difícil manter o sério na novela. Mas acho que no início também há o folhetinesco. O que ocorre é que os primeiros capítulos podem ser escritos em *clima* de minissérie. Você pode reler, melhorar. Até o capítulo 30 a gente tem tempo, depois não dá, por isso acabamos fazendo o mais fácil. Não poderia nunca escrever *Anos rebeldes* como novela. É sério demais, não tinha conhecimento daquele assunto, precisava de pesquisas.

SUÊNIO: Você é dos poucos autores que sugerem músicas e trilhas sonoras?

BRAGA: Não. Silvio, Benedito [*Ruy Barbosa*] e Aguinaldo também sugerem. Sou quase radiofônico, um apaixonado por sonorização; não sou forte em imagens, não tenho uma acuidade visual muito forte. Sou bom de ouvido, meu texto passa isso. A música é essencial.

SUÊNIO: Vê novelas nos outros canais?

BRAGA: Tanto as da Globo como as de outros canais, mas como trabalho. Seguir uma novela inteira, como espectador, nunca fiz, nem as minhas. Não tenho essa disponibilidade para ver uma coisa todo dia durante meses. Adoro minisséries. Acho uma história com 20 capítulos para lá de longa. Adorei *Engraçadinha*. Estava viajando e quando voltei o Sérgio Marques [*roteirista da equipe do novelista*] gravou, e pude ver. Fiquei fascinado. Via três, quatro capítulos por dia. Adoro Nélson Rodrigues e acho que eles conseguiram fazer bem na televisão. Vi *Boca do lixo*, *Agosto*... Mas não vejo no ar. Gravo e vejo depois. Não gosto de ver na hora que a TV passa. Gravo e apago. Anoto o que me interessa e boto na agenda, como se fosse ao cinema, ao teatro.

SUÊNIO: Como se fizesse um programa.

BRAGA: Exatamente.

SUÊNIO: Fala-se muito que suas novelas sofrem interferência do cinema.

BRAGA: É a minha grande paixão. Minha relação com a literatura, a música erudita e a televisão vem do cinema. Ele me deu tudo. Comecei a ler os escritores importantes... Li Tolstoi porque primeiro vi o filme com Audrey Hepburn.

SUÊNIO: Que diretores o influenciam?

BRAGA: Janete Clair foi muito influenciada por diretores que faziam o que na França e nos Estados Unidos chamavam de "filmes para mulheres". Sou muito influenciado por esses melodramas, mas há também George Cukor, Billy Wilder, Luchino Visconti, etc.

SUÊNIO: Há uma lenda sobre sua agenda de telefone, na qual você pinça nomes, situações. Você se baseia em pessoas reais?

BRAGA: Não é lenda. Quando começo a escrever, uma das coisas que faço é ler a minha agenda para ver se tem alguma história ou personagem nova que eu possa pegar. Não necessariamente a pessoa que está lá. Muitas vezes, lendo a agenda eu lembro de um caso que a pessoa contou para mim. O caso das lésbicas em *Vale tudo* (a gente está sempre procurando histórias ainda não exploradas) veio quando vi o nome do meu amigo, o pintor Jorge Guinle, que morreu, e me lembrei. Em vez de colocar homens, botei mulheres. Todo personagem meu tem uma boa parte de observação de pessoas que conheço, de plágio mesmo, de coisas que vi e li. Tem também boa parte de fantasia e, quando o personagem é bom, grande parte do Gilberto. Se o personagem não tem nenhuma área em comum comigo, não sei escrever. Dentro de mim tem o Felipe, de *O dono do mundo*, aquele filho da puta, a Márcia, a boba que se deixa manipular.

SUÊNIO: Até a Odete Roithman?

BRAGA: Claro que tem. Sei que sou extremamente generoso, mas ao mesmo tempo há o Gilberto, que é um filho da puta. Tem tudo aqui dentro.

SUÊNIO: Qual a sensação quando está começando e terminando uma telenovela?

BRAGA: Quando estou começando é um medo terrível. Cada vez pior. Cada estréia é pior do que a outra. O medo é maior porque pesa mais no ombro, principalmente depois de um sucesso. Depois de um fracasso a gente fica com mais vontade de provar que ainda não terminou. Escrever depois de *Vale tudo* e *Anos dourados* não desejo ao meu pior inimigo. A sensação de quando acaba é a melhor do mundo. Fico em estado de graça.

SUÊNIO: E a vida pessoal?

BRAGA: Não existe. Fico até brocha. Não penso em nada que não seja trabalho. Um autor achou muito esquisito eu falar isso. Disse: "Eu não. Transo todos os dias, fico até com mais tesão". Ele estreava a primeira novela, e foi um fracasso. [*risos*]

SUÊNIO: Como constrói uma história?

BRAGA: É muito difícil falar. Mas é intuição; basicamente, parte de um personagem-chave. Trabalho muito com a espinha dorsal. No caso de *Pátria minha*, um dos motivos do fracasso é que a espinha dorsal não estava bem definida. Eram três histórias que corriam quase iguais, foi difícil. Em *Vale tudo* era Raquel e Maria de Fátima, a Odete era só um apoio à Fátima; em *O dono do mundo* era Felipe contra Márcia; em *Dancin'days,* as duas irmãs; em *Água viva*, os dois irmãos, etc.

SUÊNIO: Parte então de um conflito-chave?

BRAGA: Que no geral é sempre o mesmo. O bem e o mal.

SUÊNIO: A saída de uma protagonista, como no caso da atriz Vera Fischer, em *Pátria minha*, deve tirar de órbita qualquer autor de novela pela imprevisibilidade.

BRAGA: Nessa fase eu tomava Dalmadorm com vinho do Porto. Não sei como não morri. Sou careta, não curto drogas, não bebo, mas estava tão louco que, para adormecer às 10 horas da manhã, tomava isso.

SUÊNIO: Essa imprevisibilidade não é desafiadora?

BRAGA: Acho uma merda, mas, já que trabalho com uma obra aberta, tenho que aceitar. Mário Lago já teve uma ameaça de câncer quando fazia o Alberico em *Dancin'days,* e eu vivia desesperado com isso. Várias coisas me ocorreram... A Vera foi algo especial. Novela é sempre um risco; de repente pode morrer alguém, um ator adoece, está cansado... François Truffaut tem uma coisa muito bonita sobre isso. No final de *A noite americana*, ele cita isso. Quando começa, acha que vai fazer o melhor filme da sua vida; um mês depois ele pensa "bom, o que do meu projeto inicial vou conseguir realizar?" Talvez consiga qualquer coisa. No final, ele diz: "tomara que consiga terminar, seja lá o que for". Em *Pátria minha* eu só tinha um objetivo a partir do capítulo 60: era conseguir terminar e estar vivo. Como terminei vivo, achei uma vitória.

SUÊNIO: Crê que a audiência da Globo pode decair ?

BRAGA: Não sei analisar essas coisas. Não sou do mundo das finanças. Quem me ampara nessa parte é a Leonor, que tem uma visão de mundo mais clara do que a minha. Entender essas coisas para mim é muito difícil. Sou todo artista, tenho um lado infantil, feminino. Cheguei uma vez numa festa e o Cacá Diegues (que não é *gay*) me disse algo de que gosto muito: "Gilberto, nós somos homens de uma sensibilidade mais feminina. Chegamos numa festa, de um lado estão as mulheres falando de amor, e, do outro, os homens falando de trabalho". Sempre estive do lado das mulheres que falam de amor. Perdi o fio da pergunta...

SUÊNIO: Sobre a Globo ser imbatível na audiência...

BRAGA: Ah! Leonor tem mais essa visão dos negócios. Não tenho isso. Só sei que torço para a Globo perder o monopólio porque vai ser muito bom para o Brasil, para o público e para os profissionais de televisão. Os Estados Unidos têm três redes fortes – um programa que dá 32 luta com um programa de 33 pontos. Isso é muito bom para o público, que está sempre vendo uma programação competitiva, e para as pessoas que trabalham naquilo. Agora, pessoas de finanças da Globo me dizem que o Brasil não tem mercado publicitário para mais de uma rede forte. Se eles estão mentindo ou não, pergunta para a Leonor ou para o Sérgio Marques, porque eu não vou descobrir nunca. É muito complicado para mim, teria de estudar economia, e acho essas coisas chatas.

SUÊNIO: Que rótulo mais o agrada?

BRAGA: Quando me apresento, se alguém pergunta, costumo dizer "escritor de televisão".

SUÊNIO: A mídia passa um perfil seu de homem elegante, vaidoso, um *gentleman.*

BRAGA: Dou tão pouco valor para esse tipo de coisa. Acho que nunca pensei no assunto. Elegante, acho que sou sim. Sou criado pelo cinema. Sou um esteta. Tenho aqueles valores dos filmes dirigidos pelo Minneli. Vaidoso... Tenho a impressão de que não sou dos mais vaidosos que conheço. *Gentleman*? Uma palavra meio antiga... Se implica afetividade, tratar os outros bem, devo ser.

SUÊNIO: Mas você não vem de um passado tão glamouroso como a mídia aparenta.

BRAGA: Sou de classe média, não diria baixa porque minha família é um pouco atípica. Sempre tive parentes ricos, mas meu pai era um escrivão de polícia e minha mãe era filha de um casal pobre, cujo pai não tinha vocação para o trabalho, e a mãe era costureira. Sou da classe média carioca mais típica da Tijuca, alguns parentes no subúrbio e outros nos lugares mais ricos do Rio, como Ipanema, Copacabana, etc. Mas por que estamos falando nisso?

SUÊNIO: O seu perfil.

BRAGA: Tenho vocação inata para o luxo porque vi no cinema e gostei. Achei bonito e quis para mim. Sou um pouco parecido com a personagem de *A rosa púrpura do Cairo*, do Woody Allen. Só que, ao contrário dela, eu consegui botar um pouquinho daquele mundo glamouroso na minha vida. Visconti tinha isso de berço, era um nobre italiano, e eu tenho esse gosto pelo cinema.

SUÊNIO: Os perfis que a mídia faz dos autores são bastante próximos dos personagens ricos que eles criam.

BRAGA: No geral a mídia me trata com muito respeito, carinho. Por outro lado, qualquer escorregão que dou vira notícia. Tem Xexéo [*Artur Xexéo*] todo domingo metendo o malho, mas acho que ele faz isso porque me admira, vê um grande potencial. Há colegas meus de quem ele não fala.

Quem não me conhece, às vezes por causa da mídia, acha que sou besta. Sei que não sou. Sou mais para simples. Outro dia estava com o Silvio cantando Elizeth Cardoso, e me lembro que quando acabamos de cantar *Cidade do interior*, que sei de cor, falei: "Ô, Silvio por que falam que sou besta?! Quem é besta não sabe *Cidade do interior* de cor, não entra num botequim e toma uma cerveja no balcão". Não tenho deslumbramento por dinheiro. Tenho prazer em companhia de pessoas tanto ricas quanto paupérrimas, mas imagino que minha figura pública, para alguém que não me conhece, deve ser de alguém com nariz em pé. [*risos*]

Acho que não sou só Odete Roithman. Sou também Raquel. A mulher que vende sanduíche na praia tem muito a ver comigo. Lutei muito. Aliás, uma característica das minhas novelas é uma valorização até exagerada do trabalho. Meus co-autores me gozam: "Lá vem o Gilberto com aquela campanha de que quem trabalha se dá bem na vida". É claro que não sou ingênuo para achar que no Brasil há igualdade de chances, que qualquer pobre que trabalhe vá vencer, mas acho que qualquer pessoa, pobre ou rica, que produzir tem condições de levar uma vida melhor. Pode ser ingenuidade minha.

SUÊNIO: Escreveria um romance?

BRAGA: Não, não tenho a menor vocação. Meu barato é o ator. Poderia escrever para teatro, cinema. Gosto do ator.

SUÊNIO: Não é um leitor voraz de literatura?

BRAGA: Leio muito, mas a vocação literária não tem nada a ver com a dramática. Qualquer coisa que imagino penso no ator, ouço a sua voz. Algumas pessoas conseguem fazer as duas coisas. A única coisa que talvez algum dia eu escreva com prazer será minha autobiografia, mas não sei se vou fazer porque posso acabar mentindo ou brigando com muita gente.

SUÊNIO: Já se decepcionou com a atuação de algum ator?

BRAGA: Sim. Várias vezes apostei num ator e ele não correspondeu. Mas jamais citaria exemplos porque acho que seria uma atitude totalmente antiética. Às vezes acho que um ator tem uma chama, e, quando ele está no ar, vejo que me enganei.

SUÊNIO: Falamos de Yolanda Pratini e Odete Roithman. Você é craque na criação de vilãs?

BRAGA: Nos últimos anos melhorei muito em escrever personagens masculinos mais fortes. Começou com as minisséries, e a partir de *O dono do mundo* fiz um protagonista homem e gostei. A Natália Timberg fazia a mesma personagem da Yolanda Pratini, que está, afinal, em todas as novelas. Mas estou um pouco cansado de fazer. Mesmo em *Pátria minha*, se não tivesse sido um fracasso, havia papéis muito bons.

SUÊNIO: E o "perdedor glamouroso", como afirma Leonor Bàsseres? Há o Rubinho, de *Vale tudo*, o Max, de *Pátria minha*...

BRAGA: Não gosto do Max, não tive química com o Carlos Vereza, mas é um papel que já escrevi mil vezes. Devo ter alguma obsessão por um fracassado charmoso.

Suênio: Tem o cuidado de não se repetir?

Braga: Todo escritor se repete. Até Jorge Amado, os estrangeiros bons se repetem, o meu ídolo, Woody Allen. O artista tem seu universo. Caetano Veloso não vai fazer a música do Paulinho da Viola, ele tem o estilo dele. Tento disfarçar trocando de atores porque o meu mundo é aquele mesmo, sou eu.

# Wilson Bueno

Wilson Bueno nasceu em 1949, em Juguapitã, Paraná, e vive em Curitiba. É autor, dentre outros, de *Manual de zoofilia*, *Mar paraguaio*, *Cristal* e *Pequeno tratado de brinquedos*. Criou e dirigiu por oito anos o jornal de cultura *Nicolau*.

SUÊNIO: Vê elementos do realismo-fantástico na sua poesia?

BUENO: Antes de mais nada, não quero me colocar como referência. É importante falar isso logo no início porque na frieza da transcrição minhas afirmações podem soar pedantes e descoladas do real, podem fugir da pulsação do momento, dessas coisas misteriosas, como você chegar de Salvador e estar aqui conversando comigo.

Acredito que toda prosa é misteriosa e ambígua; o texto humano é ambíguo. No momento em que neste pequeno e modesto estúdio eu abro esta janela e entra em mim este espírito santo, é um susto. Se você prestar atenção, a vida é um permanente susto!

SUÊNIO: Sua ficção se depara sempre com essa surpresa?

BUENO: Com a dramaticidade do real. O real em si é fantástico, às vezes mais fantástico que a literatura. Às vezes o problema está em domar o real literariamente. Quer algo mais absurdamente fantástico que a morte? Acho absolutamente fantástico que a gente morra, como também que a gente nasça. Falo de um fantástico real, imantado de uma coisa poderosa, que é a epifania. A literatura tem, então, de integrar essa teia de absurdos, senão será laboratorial. Você tem de estar em permanente alerta, ser extremamente cartesiano diante de todo o assombro para conter as "éguas da linguagem".

SUÊNIO: Onde você encontra equilíbrio entre o cartesiano e o desvario?

BUENO: É a expressão de toda arte. Aí entra o trabalho literário e aquilo que não sou. Não sou automático, não tenho um botão que aperto, digo "mistério!" e sai um romance prontinho... [*risos*] Não sou uma fábrica de textos interessantes.

SUÊNIO: Por que escritores que seguiram a linha do fantástico no Brasil (Cornélio Penna, Lúcio Cardoso, Murilo Rubião, Aníbal Machado) não acompanharam o *boom* latino-americano?

BUENO: Sabe que me pergunto também? Uma noite dessas, na minha solidão constante, peguei um livro do Gabriel García Márquez, por quem mantinha certa resistência, e li um conto curto. É deslumbrante, alta literatura. Acho, aliás, que toda boa literatura tem de provocar na base do umbigo um *frisson*, e não estou falando em automatismo, impressionismo ou espiritualismo. Antes de existir o escritor existe a presença poderosa do leitor e é esse leitor que determina. É o leitor da vida, que acorda todas as manhãs, abre a janela e vê o dia. Na hora em que você senta para escrever, tem de ser inaugural. Não no sentido de que vou dividir a história da literatura, mas porque terei de ser digno da minha história, tenho de ser ético e coerente com o ato de escrever porque só se faz literatura com ousadia, e isso se dá essencialmente a partir da linguagem.

SUÊNIO: As vanguardas achavam que poderiam fazer isso.

BUENO: O que é vanguarda? São as tropas que vão na frente? Não sei o que é quando falam em vanguardas brasileiras... Acho que a gente tem de estar sempre na frente do nosso tempo, claro.

SUÊNIO: A sua geração foi muito influenciada pela escritora Clarice Lispector.

BUENO: Eu a conheci no final da vida. O Caio Fernando Abreu foi muito amigo dela. Ela o chamava de Quixote. Ela era muito desagregada pessoalmente; um mundo psicológico muito intenso e, por conseqüência, sombrio; muita pulsão de morte. Ela confidenciou ao seu grande amigo, o crítico Leo Gilson Ribeiro, que preferia trocar toda a sua fama por um mês de serenidade.

SUÊNIO: Seu texto me recorda Raduan Nassar.

BUENO: Várias pessoas já me deram a honra de lembrar o Nassar. Conheço os seus dois e únicos livros [*Lavoura arcaica* e *Um copo de cólera*], que para mim estão entre os maiores que esta língua já produziu, mas não o vejo como influência. Retirou-se gloriosamente do sanatório literário, como gosto de chamar o mundo dos escritores, para criar galinhas. É preciso estar muito inteiro. Temos uma sintonia, que, voltando à questão anterior, se dá entre as pessoas que se extasiam diante do real.

SUÊNIO: Wilson Bueno é oswaldiano ou marioandradino?

BUENO: Gostaria de ser um filhote privilegiado dos dois. Ter o lado generoso do Mário que, com dores atrozes de estômago, às cinco da manhã, está escrevendo a décima quinta lauda de uma carta para aquele jovem poeta do Amazonas que dizia: "Seu Mário, será que o senhor arranja um emprego para mim em São Paulo?" [*risos*] Ter essa não-mesquinharia. Era um ser em expansão, doou a vida ao país! Esse homem passou a vida se solidarizando com qualquer vocação literária que surgia. Deu força aos novos, brigou com os escritores da sua geração enquanto era sacaneado. Mulato, homossexual...

SUÊNIO: Você crê que havia uma sublimação nesse comportamento dele?

BUENO: Total. Os célebres anos que passou no Rio foram uma espécie de exílio. Ele se correspondia com Sabino, Drummond... e quando chegou lá, desapareceu completamente.

SUÊNIO: Mistérios... Mas voltando à questão...

BUENO: Ah, sim! E gostaria também de ter a ardida ousadia do Oswald, esse gozar de si próprio. Mário era um homem bem mais sério. Acho que tenho a coisa "brincante" do Oswald. Mário era mais clássico, contido.

SUÊNIO: Sua geração não é muito lida.

BUENO: O que ocorre com os *best-sellers* é que eles não são lidos. Muitos compram e jamais lêem. Minha geração busca qualidade de leitor. Os críticos que nos chamam de difíceis, experimentais, vanguardistas, na verdade querem dizer: "Olhem como eles exigem do leitor". Quero essa cumplicidade. Literatura é jogo de bandido e mocinho, gato e rato. Sou apaixonado pelos autores que tiveram a capacidade de brincar. Lewis Carrol, Edgar Allan Poe, Joyce, Borges, o maior doido que apareceu no século XX, enfim, autores que tornaram a literatura fraude, em riso. Uma literatura de muito trabalho cabralino sobre a linguagem.

SUÊNIO: Você viveu com bastante intensidade os anos 60. Morou no Rio e acabou em Arembepe, uma comunidade de *hippies* próxima a Salvador...

BUENO: Minha geração saiu da província cedo. Larguei a casa dos meus pais e fui fazer sandálias lá. [*risos*] Nós éramos muito pios. No Rio, aquela ditadura toda, éramos verdadeiras manchas na paisagem. Havia muita ingenuidade, mas por outro lado nós não tínhamos um instante burocrático; havia o compromisso de descaretar, enlouquecer, sentir todos os prazeres... Era o poeta Paulo Leminski andando comigo na avenida Copacabana às nove da manhã... Essa história é hilária. Nós morávamos no Solar da Fossa, em Botafogo, onde morou Caetano Veloso, Gilberto Gil, Gal Costa, Maria Bethânia e tantos outros. Acordamos cedo e saímos. Ele, à procura de drogas, e eu, de sexo. Não conseguimos nada. [*risos*] Leminski virou suado, o cabelo colando, e falou: "Bueno, é muito cedo para as drogas e muito tarde para o sexo". [*risos*] Acho que ficou muita coisa dessa época, só que as pessoas hoje não precisam mais fazer revolução. Minha geração viu o desbunde dos *hippies*, Vietnã, Bossa Nova, Beatles, o amor coletivo e a Aids. Fico triste quando lembro os jovens que têm 18 anos e sabem que o amor está restrito. A minha geração navegou com desassombro na aventura humana.

SUÊNIO: Sérgio Sant'Anna afirma que já passamos do período de uma certa irresponsabilidade lingüística, referindo-se ao livro dele, *Confissões de Ralfo*.

BUENO: Creio que devemos temer *la contención sin perder la ternura*, jamais. E sem perder *la razón*. Comungo inteiramente com ele. Havia na época esse sentimento, por isso demorei tanto a me lançar. Isso reflete uma certa vaidade, um certo egoísmo.

SUÊNIO: Pelo que diz, crê que a boa literatura só é possível com a entrega do escritor, algo que se reflete no texto. Machado de Assis fez isto?

BUENO: Foi o maior bruxo literário que essa língua já produziu. Escrever livros como *Memórias póstumas de Brás Cubas*, *Memorial de Aires*... duas condensadas obras-primas. É a maior figura literária brasileira, a absoluta antítese disso que o Sérgio Sant'Anna falou – a liberdade com rigor. O equilíbrio clássico! Os grandes (Machado de Assis, Guimarães Rosa, Clarice Lispector, para ficar em três exemplos de escritores mortos) conseguiram isto. Eles tinham uma entrega absoluta e não demonstravam, faziam o filtro do fantástico. Quer algo mais fantástico do que Simão Bacamarte, em "O alienista"? Mais mistério do que Conceição, em "Missa do galo"? É de uma dubiedade enfeitiçada. Tudo ali é aparentemente real. Ele consegue com seus bruxuleios lingüísticos fazer com que as chinelas de Conceição batam na sala pegando de surpresa o belo jovem que lê no sofá enquanto espera o amigo que vai levá-lo para assistir à missa do galo pela primeira vez. A literatura dele é feitiço, sedução. A magia da palavra encantada.

SUÊNIO: Você criou e editou por oito anos o jornal *Nicolau*.

BUENO: Era absolutamente inovador e inaugural. Ganhamos vários prêmios... Rompemos com essa coisa de valorização do "paranismo", dos valores locais, que é, no fundo, algo brasileiro. Se você chega em Natal, há o potiguarismo, e por aí vai. Publicamos gente do mundo todo e, claro, os nossos bons escritores. Passou muita gente nova. Eu apenas regia essa imensa e maravilhosa orquestra de valores culturais. Bem, por questões políticas o jornal acabou. Foi uma bela aventura, lutei até o fim para não acabar, mas saí com a sensação do dever cumprido, inclusive para cuidar da minha literatura; já estava cansado das 25 horas diárias de a-tensão (a com traço e esse).

SUÊNIO: Em 91, você lançou uma edição artesanal de poemas, chamado *Manual de zoofilia*. Não foi acusado de ser zoófilo?

BUENO: Fui, explicitamente. Transo com cabras, morcegos, rouxinóis.

SUÊNIO: Curitiba passa uma imagem muito *clean* e organizada. Por outro lado, a literatura produzida aqui está permeada de uma certa marginalidade. Parece-me que literariamente esta imagem da cidade não é interessante.

BUENO: Há formas e formas de transportar a alma da sua cidade. Há os que examinam os seus velhinhos ao crepúsculo e os que descobrem um jovem poeta perdido com suas loucuras transviadas (*Trapo*, do Cristovão Tezza). Creio que exponho Curitiba quando mostro o texto contaminado pelos tubos e vias expressas da cidade. O Dalton Trevisan e o Leminski também fazem isso. O Leminski tinha uma frase ótima para isso. Dizia: "Bueno, não tem jeito, pinheiro não se transporta". [*risos*] Onde estiver, serei um curitibano assumido, mas olhando sempre do mirante o mundo, que é como o curitibano se vê hoje – a cidade *design*, embrulho.

SUÊNIO: Quais os maiores pecados dos escritores?

BUENO: Diria que uma certa mesquinharia, fruto do autocentrismo. O escritor brasileiro é autocentrado demais. Vamos nos juntar, nos solidarizar mais! É uma briga de saltos. Porque você usa sandália e eu... Fulano com ódio de cicrano. É o Bruno Tolentino atacando Caetano Veloso... Não se pensa um projeto de cultura nacional; alguém está fazendo isso? O Oswald, o Mário de Andrade, o próprio Drummond, um homem encolhido e recolhido, fizeram! E nós?! Onde, um Glauber Rocha?, que com toda a sua loucura egocentrada encarnava um projeto para a cultura brasileira. É impressionante que Caetano Veloso tenha de ocupar um lugar que de certa forma nem é dele. O século XX está terminando e nós ainda estamos digerindo a Semana de Arte Moderna de 1922! Nosso mercado editorial é ínfimo em relação à grandeza de criatividade que existe neste país. No Brasil, tudo é gigante, sobretudo as nossas misérias. Não há um projeto para pensar essa diversidade.

## João Cabral de Melo Neto

Considerado um dos maiores nomes da poesia de língua portuguesa, João Cabral de Melo Neto nasceu em 9 de janeiro de 1920 na cidade de Recife, Pernambuco, e faleceu aos 79 anos, em 9 de outubro de 1999, no bairro carioca do Flamengo. Passou boa parte da vida fora do Brasil, devido às representações de cônsul e embaixador brasileiro. Escreveu, dentre outros: *Pedra do sono, O engenheiro, Cão sem plumas, A educação pela pedra, Museu de tudo, Morte e vida severina, Paisagens com figuras, Quaderna, Uma faca só lâmina, A escola das facas, Crime na calle Relator* e *Sevilha Andando.*

SUÊNIO: Com que idade o senhor deixou Recife?

CABRAL: 23 anos.

SUÊNIO: O que se recorda dessa época?

CABRAL: Passei minha infância em engenho de açúcar, até 1930. Nesse ano nos mudamos para o Recife, onde estudei e fiquei, até vir para o Rio de Janeiro fazer concurso para o Itamaraty.

SUÊNIO: O que lia antes de chegar ao Rio?

CABRAL: Li muito, de forma que é difícil dizer autores. Há duas fases no Recife. A primeira, adolescente, quando lia os livros do meu pai. Ele era maníaco por Eça de Queirós. Depois, comecei a freqüentar um círculo no Café Lafayette e então conheci a literatura francesa, o realismo, e isso me marcou muito.

SUÊNIO: A sua adolescência aconteceu em pleno apogeu do regionalismo e da influência de Gilberto Freyre na cultura brasileira.

CABRAL: O Gilberto Freyre é meu primo, mas nunca fui seu discípulo, nunca segui o Gilberto. Ele era sociólogo e eu estava interessado em poesia, de forma que não o freqüentava.

SUÊNIO: E o regionalismo? Vivenciou a era de José Américo de Almeida e José Lins do Rego?

CABRAL: Eles são anteriores a mim. Sou regionalista porque todo nordestino é regionalista por necessidade, mas não por influência desses autores. Meu primeiro contato literário foi com a literatura francesa.

SUÊNIO: Conheceu José Lins do Rego ainda em Recife?

CABRAL: Não, o José Lins não vivia mais por lá.

SUÊNIO: Que balanço faz agora, cinqüenta anos depois da chamada Geração 45?

CABRAL: A geração representou o papel dela. Depois veio outra, que a substituiu... Mas eu nunca fui adepto da Geração 45. Fui sempre um pouco à margem dela.

SUÊNIO: Não acha que há uma unidade forçada entre poetas tão díspares como Lêdo Ivo, Geraldo Vidigal, Péricles Eugênio e Bueno Rivera?

CABRAL: Acho que não. Daí, talvez, é que está em eu nunca ter acreditado na Geração 45. Não via nada de incomum nesses poetas.

SUÊNIO: O que destoava nessa geração?

CABRAL: Acho que foi uma reação contra a Geração de 30 (Carlos Drummond de Andrade, Cecília Meireles, Manuel Bandeira, Joaquim Cardoso, etc). Era uma tendência esteticista que eles tinham, mas confesso que eu não aceitava aquilo.

SUÊNIO: Talvez por isso o senhor tenha elaborado uma análise sistemática da geração, como fez em 1952, numa série de artigos. A autocrítica ajuda a fazer poesia?

CABRAL: Para fazer poesia tem de estar consciente do que se quer fazer. Não acredito em inspiração, escola literária... Acredito que o sujeito faça o que tem vontade de fazer ou acha que deve fazer, independentemente de geração.

SUÊNIO: Nélson Rodrigues dizia que João Cabral era o primeiro poeta da língua portuguesa, o segundo era Carlos Drummond de Andrade[4]. Como eram suas relações?

CABRAL: Muito boas. Não sabia que Nélson Rodrigues havia dito isso. Estou ouvindo isso pela primeira vez. Minhas relações com Drummond sempre foram muito boas. Em 1940, eu vim para o Rio passar um mês com a minha família e conheci o Murilo Mendes, que me apresentou ao Drummond. Desde então ficamos amigos. Quando voltei para o Rio, entre 1942 e 1943, freqüentei muito o Drummond. Ele foi a grande influência da minha vida. Foi ainda o meu padrinho de casamento.

SUÊNIO: Havia esse rumor na mídia entre o senhor e ele, como se os dois...

CABRAL: Carlos Drummond de Andrade era muito mais velho do que eu. Ele era de 1912 e eu sou de 1920. Nunca houve rivalidade entre nós. Sempre o tive como um mestre, de forma que não compreendo isto.

SUÊNIO: Péricles Eugênio diz em *Poesia moderna*: "Os poetas concretos surgiram à sombra da Geração 45 e do seu espírito de pesquisa formal".

CABRAL: Uma geração sai sempre à sombra de outra, não? Mas os poetas concretos reagiram violentamente contra a Geração 45, de forma que dizer que eles saíram da Geração 45 é um engano. Eles vieram depois dela, mas não tinham nada em comum.

SUÊNIO: O senhor fez oposição à poesia concreta, como o poeta Ferreira Gullar?

CABRAL: Não. Não fiz parte porque morava no exterior. Não participava da vida literária no Brasil, então ignoro isso.

SUÊNIO: Acha que eles incluíram algo que faltou ao projeto de 1945?

[4] Informação retirada de *O anjo pornográfico*, de Ruy Castro (São Paulo: Companhia das Letras, 1993), p. 255.

CABRAL: Não sei. Não posso dizer. Não estava aqui. Lá fora não se recebe jornal do Brasil. Você não imagina como é difícil comprar um livro brasileiro no estrangeiro. Eu vivia completamente à parte de toda essa política literária.

SUÊNIO: Concorda que pouco se fala no humor da sua obra?

CABRAL: Sim. Acho que uma das coisas sobre as quais a crítica não prestou a atenção devida foi no humor negro da minha poesia. A crítica falou nisso de passagem, quando penso que é um dos traços principais da minha obra.

SUÊNIO: Já afirmou que nunca mais retornará ao Recife?

CABRAL: Nunca afirmei isso. O que acontece é que estou praticamente cego. Vou ao Recife sempre que posso.

SUÊNIO: Em 1966, o senhor lançou *Morte e vida severina* pela editora Sabiá. A idéia, como diz a dedicatória, foi dos escritores Fernando Sabino e Rubem Braga.

CABRAL: *Morte e vida severina* saiu primeiramente no livro *Duas águas*. Quando Rubem Braga e Fernando Sabino criaram a Sabiá, eles me chamaram para lá. Publicaram minha poesia completa e os livros *Morte e vida severina* e *Outros poemas em voz alta*. A dedicatória é porque a idéia foi deles. Publicaram uns poemas meus mais fáceis de atingir o grande público.

SUÊNIO: Creio que sua experiência como diplomata em vários países foi fundamental para sua obra, não?

CABRAL: Claro. Meu primeiro posto foi na Espanha. Eu servi na Espanha seis vezes. Duas em Barcelona, duas em Madri e duas em Sevilha. Acho que a literatura espanhola foi fundamental para a minha obra, como também a inglesa – porque depois de Barcelona fui para Londres e aí me enfronhei na literatura inglesa. Anos depois, quando fui para Marselha, a literatura francesa já não tinha tanto interesse para mim por que já conhecia, do Brasil. De forma que continuei com meu interesse pelas literaturas espanhola e inglesa.

SUÊNIO: Recorda-se de que autores leu na Espanha?

CABRAL: Li tudo. Não fiz outra coisa na minha vida a não ser ler. Mas há alguns poemas cantados que tiveram grande influência sobre mim.

SUÊNIO: Como conheceu a escritora Clarice Lispector?

CABRAL: Clarice foi casada com um colega diplomata, Maury Gurgel Valente. Se não me engano, foi na casa do Lauro Escorel, outro colega nosso. Ficamos bons camaradas por toda a vida. Como era mulher de diplomata, vivia viajando. Encontrávamo-nos vez ou outra.

SUÊNIO: Consta que o senhor a teria visitado num hospital.

CABRAL: Nunca. Lembro-me que certa vez o marido dela estava numa missão em Torquay, então ela vinha nos visitar toda semana em Londres, mas não me lembro de Clarice em hospital[5].

SUÊNIO: Como se recorda dela?

CABRAL: Era uma mulher extraordinária, uma figura de primeiro plano.

SUÊNIO: E como escritora?

CABRAL: Também está no primeiro plano. Uma escritora que poucas vezes o Brasil terá dado.

SUÊNIO: Em que ano retornou ao Brasil?

CABRAL: 1988.

SUÊNIO: Então não travou contato com escritores como Graciliano Ramos, José Lins do Rego e Guimarães Rosa?

CABRAL: Rosa era meu colega no Itamaraty, tinha muito contato com ele; o José Lins era meu amigo, além de ter sido casado com uma parente minha. Éramos grandes amigos. Estava em Sevilha quando soube da morte dele. Fiquei chocadíssimo. Quase não conheci o Graciliano.

SUÊNIO: Vê distinção, ou é apenas uma questão de nomenclatura, entre a poesia social, engajada, e a poesia mais romântica, que ressalta o amor?

---

[5] Informação retirada de *Clarice: uma vida que se conta,* de Nádia Gotlib (São Paulo: Ática, 1995).

CABRAL: Há evidentemente uma distinção. Na poesia cabe tudo, mas isso não quer dizer que a poesia seja uma coisa só, unitária. Existem diversas poesias.

SUÊNIO: Que autores indicaria para as duas vertentes?

CABRAL: Não gosto de citar nomes. Esqueço-me...

SUÊNIO: Vê alguma afinidade entre a poesia dramática e o teatro?

CABRAL: O teatro pode ser poético ou não. Um pode não ter muito a ver com o outro. Isso é um negócio meio vago. Poesia dramática. É poesia ou é drama? Poesia dramática é uma dessas expressões que usam, mas que não são precisas. Cite você o que chama poesia dramática.

SUÊNIO: Consta que o senhor tem várias criações nesse terreno.

CABRAL: Minha poesia não é dramática. Apenas escrevi uma peça que é poética. Agora, não era poesia dramática.

SUÊNIO: O famoso poema "O rio" é marcado pelo cuidado com a geografia do Capibaribe. Dá a impressão de a construção desse poema ter sido muito difícil.

CABRAL: Não, porque eu conheço bem Pernambuco, conhecia bem o trânsito, o trajeto de Capibaribe. Nasci na beira do rio, de forma que sua geografia não me era desconhecida.

SUÊNIO: Vê afinidades entre esse poema e "Meditação do Tietê", de Mário de Andrade?

CABRAL: Não. Confesso que nunca li.

SUÊNIO: Não gosta da poesia dele?

CABRAL: Gosto de muitas coisas dele, mas a "Meditação do Tietê" não li porque você não pode ler tudo; não tive ocasião de ler.

SUÊNIO: O que acha da poesia mais despojada de Manuel Bandeira e Mário Quintana?

CABRAL: Gosto muito dos dois, são grandes poetas. Tenho impressão que o importante é você não fechar sua sensibilidade; abrir sua sensibilidade ao que presta, independentemente de escola, ponto de vista, geração.

SUÊNIO: Tinha o hábito de ler literatura de cordel?

CABRAL: Quando menino, li muito. Lia para os empregados do engenho, que eram analfabetos. Eles iam à feira, compravam os romances de cordel e me pediam para ler. Tenho um poema sobre isso.

SUÊNIO: É filho de senhor de engenho. Como era o preconceito? José Lins fala disso, a família dele não gostava.

CABRAL: No poema "A descoberta da literatura" você encontra isso. Lia os romances de cordel para os empregados até que me foram denunciar à casa-grande e então me proibiram de continuar a ler aquilo, mas eu nunca tive preconceitos.

SUÊNIO: Quais seus personagens de ficção preferidos?

CABRAL: Li tanta ficção na minha vida que não tenho personagem preferido. É impossível citar. Com tudo o que li, como é que vou citar o meu personagem preferido?

SUÊNIO: Há originalidade na poesia moderna?

CABRAL: Acho que sim. Pelo menos na poesia que presta. Tem muita coisa na poesia adjetiva, uma poesia que não vai ficar. Mas acho que toda poesia tem sua originalidade.

SUÊNIO: Existe espaço para o poeta neste fim de século?

CABRAL: Ah, claro. A poesia é um tratamento especial da linguagem, e o homem ainda não inventou algo para substituí-la.

SUÊNIO: E os poetas novos, o senhor lê?

CABRAL: Não posso ler, como já lhe disse. Não me fale em poetas novos.

SUÊNIO: Crê que parte da sua obra se constrói a partir de personagens?

CABRAL: Fiz muitos poemas sobre personagens, principalmente sevilhanos, mas é difícil dizer, compreende?

SUÊNIO: O poema "Os toureiros" estaria inserido nisso?

CABRAL: Sim. "Os toureiros" realmente é um poema a partir de personagens, mas você vê que tem uma conclusão teórica final. Baseado naqueles personagens que eu vi tourear, chego a uma conclusão teórica. Não faço poema com personagens como um romancista faz: escolhe um personagem e faz um retrato dele. Não faço isso. A partir do personagem eu chego a uma conclusão.

SUÊNIO: Falo isso porque sinto em alguns poemas seus essa característica de trabalhar com personagens. No famoso *Morte e vida severina*, por exemplo, há o calvário do Severino. Dá para sentir isso, a história dele.

CABRAL: É a história de qualquer subproletário do Nordeste. Não é o personagem Severino no sentido que o romancista trata um personagem. Aquele personagem está simbolizando o homem miserável do Nordeste. Não trato um personagem como um romancista.

SUÊNIO: A velhice o incomoda?

CABRAL: É pau. A velhice é pau porque a gente fica com dificuldade de fazer certas coisas. Ela me incomoda sim. Mas mais do que a velhice, me incomodam muito mais os meus olhos. Não vejo nada.

SUÊNIO: Como escritor, deve ser muito penoso para o senhor.

CABRAL: Passei minha vida lendo, não fiz outra coisa, e agora não posso ler nem jornal. Nem manchete de jornal eu posso ler.

SUÊNIO: Tem medo da morte?

CABRAL: Tenho. Eu me criei em colégio católico, até hoje não consigo superar. Acredito em céu, inferno, purgatório, literalmente como os irmãos maristas pregavam.

SUÊNIO: Não acha ingênuo?

CABRAL: [*risos*] O que é que eu posso fazer? Foi uma influência que recebi na minha infância e que não superei até hoje.

SUÊNIO: Acha que propôs algo absolutamente original à poesia brasileira?

CABRAL: Não, não creio nisso.

SUÊNIO: Não quer falar sobre sua obra?

CABRAL: Não.

SUÊNIO: Por quê?

CABRAL: Desde que eu parei de ler, a literatura perdeu muito o interesse para mim.

SUÊNIO: Desde quando está com esse problema?

CABRAL: Há uns quatro anos.

SUÊNIO: É apontado como um dos maiores poetas da língua portuguesa. Desejaria ganhar o Prêmio Nobel?

CABRAL: Quem é que não desejaria? Mas não creio que haja possibilidade.

## ANTONIO CARLOS CALLADO

Jornalista e escritor, Antonio Carlos Callado nasceu em Niterói no dia 26 de janeiro de 1917 e faleceu na cidade do Rio de Janeiro, aos 80 anos, em 2 de fevereiro de 1997. Escreveu os romances *Assunção de Salviano*, *A Madona de cedro*, *Quarup*, *Bar Don Juan*, *Reflexos do baile*, *Sempreviva*, *A expedição Montaigne* e *Concerto carioca*, além de *Crônicas de fim do milênio* e as peças *Pedro Mico*, *Colar de coral*, *A cidade assassinada*, *Forró no engenho Cananéia* e *O tesouro de Chica da Silva*. Foi casado com a radialista inglesa Jean Maxine Watson e com a jornalista carioca Ana Arruda.

SUÊNIO: O senhor começou em jornalismo no *Globo Juvenil*?

CALLADO: Não. Comecei como repórter do *Correio da Manhã*, em 1937, um mês antes de o Estado Novo ser decretado. Antes, era estudante de direito e, em 1937, quando completei 20 anos, tive um emprego pequeno enquanto estudava. No *Correio* havia uma ligação entre o fundador do jornal, Edmundo Bittencourt, e meu avô materno, que o ajudou no início da carreira. Entrei no *Correio* um pouco com pistolão. Tinha muita vontade de escrever, achava que tinha jeito. Fui apresentado ao Bittencourt, que estava assumindo o *Correio* naquela ocasião. Comecei como repórter de polícia, de aeroporto. Entrevistei a Sonja Henie, grande patinadora, Tyrone Power... Quando tive uma chance, publiquei uma crônica lá, e em seguida o *Globo Juvenil* me chamou. Nesse tempo era muito comum trabalhar em mais de um lugar, uma vez que os jornais pagavam mal. Fui trabalhar no *Globo Juvenil* com Nélson Rodrigues e Alfredo Machado, que depois virou um grande editor [*da Nova Fronteira*]. Tinha 21 anos.

Nesse período conheci o Roberto Marinho, meu amigo até hoje. Quando digo a alguém que sou amigo dele, o sujeito arregala o olho porque ser amigo de Roberto Marinho é como ser amigo do Pão de Açúcar. Bom, como amigo do Roberto Marinho? Graças a Deus trabalhei em *O Globo* apenas nessa primeira fase, antes de ir para a Inglaterra. A amizade que fiz com o Roberto nesse tempo perdurou e não teve nenhuma mistura de trabalho. Ele tinha uma casa na Urca, dava umas festas ótimas, havia mulheres bonitas. Nesse tempo comecei a fazer crônicas para *O Globo*. Uma das quais se chamou "A maldita escada de bordo", sobre essa casa dele, uma espécie de navio. Roberto já naquele tempo era um grande trabalhador. Eu me revezava nos dois empregos. No *Correio*, fazia reportagens e em *O Globo* comecei a assinar traduções para o *Globo Juvenil*. Em duas línguas, inglês e francês.

A primeira língua que se aprendia naquele tempo era o francês. A literatura que se lia era a francesa. Os ingleses dominavam aqui os telégrafos, a iluminação pública – a Light Power –, mas a cultura era francesa. Não há a menor dúvida que a partir da minha geração houve uma mudança brusca de águas. Hoje raramente uma pessoa fala francês. No meu tempo, quando uma pessoa estudava ou gostava de literatura, o francês era a língua que se impunha.

1937... O Estado Novo... Sempre tive horror à idéia do fascismo, do governo extremado de direita. Prefiro mil vezes a esquerda, apesar dos excessos, e era muito contra todas as manifestações integralistas, o imperialismo, o ataque ao palácio Guanabara... Foi exatamente nessa época que comecei a trabalhar em jornal. Isso faz parte da minha memória vital, não é assunto de livro, é de vida. Eu era repórter do *Correio* e cronista de *O Globo* quando tomei minha primeira postura política, contrária ao que havia de direitismo no Brasil.

SUÊNIO: Já se insurge contra o Estado Novo nessa época?

CALLADO: Sempre fui contra. Desde a Constituição de 37. Hoje, aliás, lendo o livro de Getúlio, reconheço valores muito grandes nele. Foi um homem da nossa História, impossível de ser ignorado. Muitas das coisas que ele fez, eu entendo hoje porque fez. Mas também é verdade que era um homem que, para se manter no poder, era evidentemente muito oportunista. O que ele tinha era uma linha, uma espécie de instinto político, um saber governar, algo pessoal, que cada vez me marca mais. Quando se matou eu era redator-chefe do *Correio da Manhã*. Aquilo foi um acontecimento que me tocou profundamente. Hoje sei, pela leitura dos diários, que ele sempre pensou em morte. Naquele tempo o suicídio revelou ao país um homem novo. Sempre achei que ele era aquele das musiquinhas de Carnaval, alguém que estava no poder porque gostava.

SUÊNIO: Havia um certo estoicismo nele?

CALLADO: Um sentimento trágico da vida.

SUÊNIO: Em plena Segunda Guerra o senhor vai para a Inglaterra. Como foi a experiência para um jovem de 24 anos?

CALLADO: A BBC [*British Broadcasting Corporation*] passou a falar algo em torno de 57 línguas diferentes. Era um centro de divulgação do anticomunismo mundial. Fundaram o serviço brasileiro em 38, mas só fui em fins de 41, quando a embaixada inglesa e a BBC começaram a recrutar brasileiros para reforçar o serviço brasileiro. Havia poucos lá. Eles tinham um *staff* muito pequeno e queriam ampliar. Em 41 me convidaram para ir com um contrato de seis meses. Acabei ficando seis anos. Fui para a BBC como funcionário, iria falar no rádio, escrever textos e mandar correspondência para o *Correio* e *O Globo*. Passei todos os anos da Guerra em Londres, num lugar chamado Old Man, a meia hora de metrô do centro de Londres, porque os alemães, no auge do bombardeio de 1940, acertaram uma bomba sobre a Broadcasting House. Acho que houve até sorte, pois a bomba explodiu no subterrâneo do prédio. Os ingleses viram o perigo de uma bomba alemã acabar com as comunicações da Inglaterra com o mundo e passaram a criar várias estações em vários lugares. Os alemães, por mais que quisessem, jamais calariam a boca da BBC. Então, fui parar no campo. Viajava num trem todos os dias para esse subúrbio inglês. Cheguei à Inglaterra exatamente no dia do ataque a Pearl Harbor, em 7 de dezembro de 1941. Desembarquei de navio em Liverpool no dia dessa notícia fantástica. Os japoneses tinham atacado Pearl Harbor. Os ingleses comemoravam porque sabiam que não estariam mais sós, os americanos entrariam na Guerra. Para a Inglaterra foi um dia de festa.

Em fins de 1944, logo que os alemães foram expulsos de Paris, os franceses livres que trabalhavam em Londres por sua vez recrutaram sujeitos para reabrir uma rádio em Paris. Eu, muito aventureiro como você vê, fui um dos que toparam deixar a Inglaterra e ir para a França. Passei 18 meses em Paris tentando restabelecer as comunicações radiofônicas da França com o Brasil, algo meio fracassado, mas importante para a minha carreira. Fazia um frio terrível, 17ºC, num tempo em que havia calefação apenas nos hotéis onde se hospedavam os americanos. Mesmo nos Campos Elíseos não havia calefação.

SUÊNIO: As cidades estavam muito arrasadas?

CALLADO: Houve uma ocupação total, mas Paris ficou praticamente intacta, um pouco devido à famosa decisão do general que ocupou a cidade de não bombardear. Além do mais, Hitler adorava Paris. Não traiu o *Reich*.

SUÊNIO: Apesar de terem sido difíceis, o senhor vê esses anos com entusiasmo.

CALLADO: Sabe por quê? Eu tinha 24 anos. Gostava muito daquilo tudo... Acho esse período adorável. Chegamos a Diep, no norte da França, num frio de lascar. Fomos recebidos como heróis de guerra, com um cálice de licor de maçãs deles, o Calvados. Eu era tão jovem, sabe? Aquilo era a minha aventura. Tinha ido à Europa em grande parte para isso. Chegamos na França com o primeiro grupo de repatriados franceses que estava na Inglaterra. A França era uma esculhambação, parecia o nosso querido país. A

Inglaterra era organizada e não foi ocupada pelos alemães. Na França, para você conseguir vinho, manteiga e queijo, só era possível no mercado negro. Na Inglaterra era *cupon* e na França era *ticket*. O panorama da aventura jornalística que estou tentando montar... Hoje, morreria antes de chegar a Diep, mas naquele tempo tudo foi uma extraordinária novidade.

SUÊNIO: Voltando ao Brasil, o mesmo *Correio da Manhã* vai mandá-lo para o Xingu.

CALLADO: Exatamente. Da França, sob o governo de De Gaulle, voltei para a Inglaterra, onde era casado com uma inglesa, já falecida. Estava morto de saudades do Brasil. Na Inglaterra, fiz uma verdadeira cultura de leitura brasileira. Como todo brasileiro, desconhecia meu país. Em Londres, havia um dos maiores sebos do mundo. O Royals tinha seis andares de livros estrangeiros. Um andar era só de livros em português. Lá, refiz minha cultura de língua portuguesa. Conheci Guimarães Rosa lá. Li *Sagarana* por intermédio do romancista José J. Veiga. Quase perdi a respiração! Aquilo foi uma revelação. Li Eça de Queirós, Caminha, Monteiro Lobato, etc. Li sobre a Amazônia, o Pantanal. Só conhecia o Rio de Janeiro, Niterói, onde nasci, São Paulo, Recife e Salvador. E olhe que eu era um *globe-trotter*. O Drummond, por exemplo, foi a São Paulo uma vez na vida. Meu conhecimento de Brasil era o mais brasílico possível. Com aquelas leituras que fiz por lá, sobretudo de aventureiros ingleses, algo começou a fermentar em minha cabeça.

Quando cheguei, disparei a conhecer o Brasil. Para ir à Amazônia, que só os ingleses e americanos conheciam, consegui dinheiro e embarquei num tipo de navio conhecido como gaiola. Em 1948, o mapa de bordo desse navio era do departamento da marinha americana, e o comandante brasileiro só confiava nesse mapa. Nessa viagem, descobri o Rio Negro e fiz uma reportagem sobre Marajó. Aí veio a idéia de conhecer os índios. Havia na Amazônia, mas queria conhecer o índio brabo, como se chamava. Isso era um problema para os jornais da época, exceto um, o

*Diários Associados*, comandado por Assis Chateaubriand, o Chatô, que estava fundando os aeroclubes no país.

Quem descobriu a Amazônia para o leitor brasileiro foram David Nasser e Jean Mazon. *O Cruzeiro* era muito mais do que *Veja*, *Isto É* e *Manchete* somadas, e só tínhamos ela. O resto era *Careta* e *Fon-Fon*. Chatô tinha grande simpatia por mim, gostava do sujeito que tinha espírito aventureiro. Certo dia falei "pena que não tenho como conhecer os índios brasileiros, mas um dia chego lá". "Chega lá quando você quiser. Ponho o meu avião a sua disposição", ele falou, e me contou o projeto com o indianista Orlando Villas Boas. Na verdade, os três irmãos Villas Boas já moravam em Xingu. Eles foram os grandes amigos dos índios. A paciência, o trabalho deles... [*pausa. Com a voz embargada, interrompe a entrevista*] Você vê como isso me comove.

Houve um episódio curioso nessa época. O Percy Fawcett, um coronel inglês, se embrenhou na região do Xingu em busca de uma cidade perdida com um amigo e o filho. Em 1925, segundo alguns, ele mandou uma mensagem afirmando que estava no campo do Cavalo Morto. Foi a última vez que se ouviu falar nele. Simplesmente desapareceu. As imprensas americana, inglesa e francesa mandaram repórteres para cá, procuraram o lugar indicado, mas nunca encontraram nada. O Orlando certo dia encontrou uma ossada junto com uma faca. Mas, depois dos exames, viu-se que não coincidiam com os ossos de Fawcett. Bem, graças a esses ossos que apareceram, fui mandado para o Xingu. Chatô me botou no apartamento dele em São Paulo. Voei no dia seguinte num avião Bandeirantes. O piloto se chamava Lourival. Você quer coisa mais louca? Ainda por cima, havia um jovem repórter, o Baugartem.

SUÊNIO: Sim, o jornalista Alexander Von Baugartem.

CALLADO: Foi o meu guia. Chatô foi um cavalheiro. Quando conto isso para o Gilberto, o filho dele, só falta me bater. Ele odeia o pai. Chatô foi um canalha com a mãe do Gilberto e com ele, como, aliás, está no livro do Fernando Morais [*Chatô, o rei do Brasil*]. Era um canalhão.

SUÊNIO: Meu conterrâneo.

CALLADO: [*risos*] Não digo que sua terra seja produtora de canalhas, mas pelo menos se concentrou nele. Bem, ele me fez conhecer os índios, o trabalho dos irmãos Villas Boas e isso me tocou muito. Ainda agora você me viu de voz embargada.

SUÊNIO: É um grande viajante. Acha a viagem importante?

CALLADO: Viajar é uma das delícias da vida. Chateia-me muito ficar tão velho... É difícil viajar; as escadas dos aviões são muito compridas. A viagem se amplia. Dizer qual foi a mais importante é quase impossível, porque há lugares como Florença, Paris, Londres, o interior do país... São inesquecíveis. A do Xingu, então, fiquei completamente picado de mosquitos; não peguei malária por sorte. Fazia tanto calor... Mas tinha tanto mosquito, que eu dormia ao ar livre numa rede com a minha roupa cáqui, até a mão coberta. Não havia nada que protegesse. Às vezes tinha medo que aparecesse uma onça. As lembranças que guardo do trabalho dos Villas Boas realmente são marcas indeléveis na minha vida. Escrevi *Quarup* tomado por essa emoção. Quando voltei com o Ruy Guerra [*diretor de Quarup*], revi velhos, gente que já estava lá quando fui pela primeira vez. É o único país indígena que se respeita aqui, porque o resto, os fazendeiros acabam. Tenho medo desses sonhos do Darcy Ribeiro. A Roma tardia... O Brasil é um país sem caráter.

SUÊNIO: Acha que o jornalismo interferiu na sua literatura?

CALLADO: Não interferiu em nada. As pessoas podem achar que meus livros são bons, meio termo ou ruins... Isso evidentemente é opinião crítica e não tenho força para influir sobre o crítico. Ao contrário, acho que o jornalismo enriqueceu muito a minha vida. Se isso foi contraproducente, é falta do escritor.

SUÊNIO: Numa conversa com Davi Arrigucci Júnior[6], reconhece que em seus últimos livros estaria mais sutil, elaborado.

[6] Cf. *Enigma e comentário*, de Davi Arrigucci Júnior (São Paulo: Companhia das Letras, 1987) p. 115.

CALLADO: Exatamente. Tanto *Reflexo do baile* quanto *Concerto carioca* são livros muito elaborados literariamente. É forçoso dizer também que tiveram uma vendagem inferior aos outros.

SUÊNIO: Atribui a essa literariedade?

CALLADO: Atribuo. *Quarup*, por exemplo, até hoje é reeditado. É de 1967 e não é barato porque é muito grande, mas é um livro que já vendeu um milhão de exemplares.

SUÊNIO: Acha que isso coincide com a opção prioritária que faz pela literatura a partir de 1975?

CALLADO: Acho extremamente difícil julgar minha própria obra. Diria que o livro que considero mais bem escrito é *Reflexos do Baile*. O resultado comercial foi muito pequeno. Aí não saberia dizer se é culpa minha ou do público. Minha, no sentido do esforço, não foi. Escrevi logo que me aposentei em Petrópolis.

SUÊNIO: Falando um pouco dos "anos de chumbo": o senhor foi preso ao lado do cantor Gilberto Gil, em janeiro de 1969, na Vila Militar?

CALLADO: Foi no Realengo. Na cela ao lado estavam o Caetano Veloso e outros. Antes de mim, tinha estado um sujeito chamado Antonio Callado Dias, que trabalhava num cartório policial. O Gullar foi chamado para me identificar e tomou um susto, pensou que tivessem me matado. Era um homem velho, desanimado, [*risos*] então ele falou que não tinha nada a ver comigo.

Encontraram-me em casa, de madrugada. Eles gostavam de assustar a gente. Levaram-me para um pátio, davam a impressão que iam fuzilar... Era ridículo. Mas eles implicavam mesmo era com o Gilberto Gil, aliás, com a barba dele. O Gilberto dizia, "eles implicam com a minha barba porque eu apareço na televisão e digo: eu sou boçal". [*risos*] Um dia o levaram e ele voltou todo raspado.

SUÊNIO: Um pouco depois, em 1970, o senhor rompe com Nélson Rodrigues por causa do seqüestro de um embaixador?

CALLADO: Não. Briguei com o Nélson porque ele contou em público uma conversa particular que nós tivemos. Éramos eu,

Nélson e Miguel Luis numa conversa, como se você estivesse presente também, sobre a libertação de um embaixador. O Ruy Castro reproduz isso num artigo sobre o Nélson, mas não põe meu nome. Como eles não libertaram, acabaram matando o embaixador, o que foi uma violência inominável. Eu disse que achava que os colombianos estavam brincando com fogo. O Nélson publicou isso e fiquei muito chateado. Nessa época, o filho dele, o Nelsinho, foi preso e quase o mataram. Quando os generais descobriram que era filho do Nélson Rodrigues houve um corre-corre porque ele era amigo daquela gente, do Roberto Campos, sempre um inimigo do povo. Aí o Nélson começou a pensar no resultado da brutalidade de uma ditadura.

SUÊNIO: Ele tinha uma frase famosa: "Antonio Callado é o único inglês da vida real".

CALLADO: Ele me transformou em personagem. Dizia que há pessoas que quando gostam de outras dão berros, gritam. Mas não dou berros.

SUÊNIO: Em maio de 1973 sua esposa Ana Arruda também foi presa. Devido ao senhor?

CALLADO: Não me ponha mais essa culpa! Conheci a Ana lá, ela fazia parte do movimento revolucionário.

SUÊNIO: Um homem de esquerda como o senhor convive bem com os acadêmicos da Academia Brasileira de Letras?

CALLADO: Perfeitamente bem. Um dos acadêmicos foi membro do triunvirato militar, o general Aurélio Lyra Tavares, que votou em mim. Antonio Houaiss o visitou na campanha da sua eleição. Houaiss foi falar com o general sobre o passado, receava não ter o seu voto, mas ele falou, "ah, meu filho, isso são águas passadas. A academia é outra coisa..." O que faz da Academia um lugar agradável é que todos gostam de livros e literatura.

SUÊNIO: Isso apaga um pouco as diferenças ideológicas?

CALLADO: A única coisa que poderíamos chamar de ideológico lá foi o prêmio dado ao livro do Roberto Campos [*Lanterna na*

*Popa*]. Ao lado do livro dele pus *Chatô*, livro muito mais importante. A história do Roberto Campos é uma coisa banal. Criei um caso, me excedi um pouco, mas o que questionava eram os critérios de escolha. Isso já foi debatido. O Roberto Campos já quis entrar na Academia umas três vezes e houve oposição ferrenha. Não que não seja inteligente, mas não é isso que a Academia quer[7]. É um homem que torna difícil o convívio se você não pensa como ele, ao contrário do general que está lá.

SUÊNIO: Há colegas seus, como Jorge Amado e Rachel de Queiroz, que eram tidos como pessoas de esquerda e em dado momento mudaram de posição. Parece-me que o senhor tem um percurso mais claro.

CALLADO: Jorge é um homem muito amigo das pessoas, padece de amor ao gênero humano. Sofreu as conseqüências de uma posição muito clara. Adoro Rachel. Foi uma das pessoas do grupo de conservadores... O Roberto Campos, Castelo Branco... Isso é difícil de eu entender, mas não tem como explicar. A única forma de explicar isso é ter uma profunda afeição por pessoas que pensam de forma diferente. Adoro-a. É uma mulher de extrema simplicidade, naturalidade. Uma das pessoas que tenho mais prazer em encontrar na Academia.

SUÊNIO: E as adaptações da sua obra?

CALLADO: Na Globo, *A Madona de cedro* ficou uma coisa bonita, atores excelentes. Mas o mais importante, o drama religioso, foi transformado, ficou solto. Manoel Carlos fez uma adaptação brilhante, queria fazer uma novela, mas Manga [*Carlos Manga*] não quis.

*Quarup* ia ser feito pelo Glauber, mas ele não tinha dinheiro, vivia naquela miséria. Morreu paupérrimo. O Ruy Guerra teve uma idéia brilhante, fazer só com a aldeia do Xingu. Fez o filme

[7] Antonio Callado não chegou a ver a eleição de Roberto Campos na ABL. Ele tomou posse em outubro de 1999, ocupando a cadeira de nº 21, deixada por Dias Gomes (falecido em maio de 1999), autor ligado ao pensamento de esquerda, o que causou bastante polêmica na época.

com seis milhões de dólares e acabou fazendo o livro inteiro. Ficou de uma ininteligência completa.

SUÊNIO: Os saltos de época não funcionaram.

CALLADO: Não podiam funcionar. Ele pegou o livro inteiro.

SUÊNIO: Que autores o senhor acha que mais o influenciaram?

CALLADO: Não saberia dizer. Os autores da minha geração foram influenciados por um *boom* centralizado em James Joyce e Marcel Proust. Virginia Woolf é um riacho perto desses dois. Eles revolucionaram a literatura. *Em busca do tempo perdido* é de 1922, faz parte da minha adolescência. Li muito Graham Greene, Samuel Butler, Bergman.

SUÊNIO: O que lê no momento?

CALLADO: Releio muito, inclusive para escrever. É o único presente que minha biblioteca me deu. Ela cresce em cima de você. Este apartamento tem livro na sala de jantar, no quarto...

SUÊNIO: Borges dizia que o paraíso deve ser algo parecido com uma biblioteca.

CALLADO: Não um paraíso, mas um refúgio, um mosteiro. Preferia mil vezes estar moço e andando pelo mundo afora, mas reler livros é um grande consolo. A única pena é você ter que chegar a uma idade tão avançada, limitadora. Não gosto da velhice nem um pouco.

SUÊNIO: Não é vaidade?

CALLADO: Não. É realmente o que retira de prazer na vida. Física e espiritualmente. Um exemplo bem vulgar: gostava muito de beber. Um uísque, um vinho com determinada comida... Saio cada vez menos porque dá uma certa raiva ver as pessoas bebendo à minha frente. Além disso, o sexo... A vida animal da pessoa que a velhice vai diminuindo, acabando em certos casos. Acho que morrer aos 70 anos é algo razoável. Colocaria a eutanásia como um dos direitos do cidadão.

SUÊNIO: Desejaria ser mais popular?

CALLADO: Sim. Todo mundo que escreve quer ser lido. Você não imagina o que sofreu o Joyce com o *Finnegans wake*. Os amigos dele, Pound, Eliot, não compreenderam. Ele ficou muito decepcionado quando percebeu que esse livro não teria a mesma recepção do anterior, *Ulysses*. Tenho a primeira edição em inglês, mas é insuportavelmente difícil, exceto os últimos capítulos. Afinal, para que a gente escreve?

## PAULO COELHO

Paulo Coelho nasceu na cidade do Rio de Janeiro em 24 de agosto de 1947. Letrista nos anos 60 ao lado do cantor e compositor Raul Seixas, é um dos maiores fenômenos editoriais do mundo, sendo o escritor brasileiro mais lido e traduzido da atualidade. Publicou, dentre outros: *O alquimista, Brida, Na margem do rio Piedra, eu sentei e chorei, O Monte Cinco, Manual do guerreiro da luz, Veronika decide morrer, Confissões de um peregrino, O demônio e a senhorita Prym* e *Histórias para pais, filhos e netos*. É casado com a artista plástica Christina Bastos Oiticica.

SUÊNIO: As críticas que o consideram um escritor meramente comercial, baseado no desespero das pessoas por alguma base mística, o atingem?

COELHO: Não gostaria de me voltar muito sobre isto porque a crítica, definitivamente, não me interessa. Tenho sido lido e respeitado no mundo todo como um escritor de grandes recursos. A crítica no geral escreve para ser lida por críticos e não pelos leitores. Nunca respondi e não me preocupa mesmo. Como já disse, chegam para mim mensagens de leitores do mundo inteiro, e é isso que importa.

SUÊNIO: Mas quando o senhor coloca um serviço de mensagens telefônicas e publica um livro de frases não está apenas almejando mais uma fatia de mercado?

COELHO: O serviço de telefone foi retirado quando percebi que minhas intenções não estavam sendo cumpridas. Quanto ao livro, preocupo-me bastante com o valor final do exemplar que chega nas livrarias. Muita gente não compra simplesmente porque não pode. O livro de frases, além de ser baratinho e graficamente bonito, serve ainda como pequeno resumo das minhas idéias.

SUÊNIO: Alguns acham que o senhor toma o lugar de escritores como Machado de Assis e Clarice Lispector, e outros vêem seu sucesso como algo passageiro.

COELHO: Minha literatura não tem nada a ver com a deles. Não somos concorrentes. Esta discussão me parece algo como o sexo dos anjos. Se o sujeito quer comprar Machado ou essa escritora ele fará isso, com ou sem Paulo Coelho. Acho que o sucesso incomoda demais as pessoas. Essas pessoas são dignas de piedade por carregar o sentimento da inveja, mas, como já disse, a crítica não me interessa. Peço para você não insistir nisso.

SUÊNIO: Poderia dar uma definição moderna para mago?

COELHO: Uma pessoa que pode usar todo o seu potencial. Acabou a esquizofrenia de que o sagrado e o profano se antepõem. Tudo é sagrado. A tendência da humanidade é dar um sentido sagrado à vida.

SUÊNIO: Seguindo essa concepção, qualquer um pode ser mago?

COELHO: Graças a Deus. Se você tiver vocação, ela não precisa nem ser despertada. O problema hoje é que você quer ser padeiro, mas a sua mãe descobre que é melhor ser advogado e você se torna um advogado, por pior que seja. Existe essa nova nobreza chamada universidade. Antigamente você comprava títulos de nobreza, mas hoje em dia há os títulos universitários. Existem não sei quantos milhões de advogados e poucos padeiros. Por quê? Porque socialmente o advogado é mais importante do que o padeiro.

SUÊNIO: A visão de ser um mago pode nos ajudar a ver o mundo de forma entusiástica?

COELHO: Não usaria essas palavras. Você está enfatizando muito como se eu só falasse disso. Não é isso. Minha obra não transparece isso. Existem conflitos o tempo todo. Ela reflete o ser humano normal. Não estou dizendo que tudo é colorido, Deus é a salvação. Digo que estamos aqui para justificar uma obra maior do que a nossa, e que temos de lutar por ela. Temos de ser possuídos por aquilo que São Paulo diz, a sagrada chama da loucura. Abro a janela e vejo um mendigo sentado na calçada. É responsabilidade de quem? Minha, sua. Alguma coisa a gente tem de fazer. A visão espiritual necessariamente provoca um sentido ético. Você não pode entender o mundo feito para você. Os alquimistas chamam essa imagem de "a alma do mundo", *anima mundi*, na qual tudo é relacionado e todo mundo é responsável por tudo.

SUÊNIO: O senhor citou, num artigo para a *Folha*, escritores como Confúcio, Nasrudin e Gibran. São filósofos que seguem uma corrente mais espiritualista, ao contrário, por exemplo, da visão de Nietzsche, Sartre e Heidegger.

COELHO: Não estou de acordo quando você inclui Nietzsche e Heidegger. Embora Nietzsche tenha proclamado que Deus estava morto, sua obra é de um profundo misticismo. Sua obra clássica tem um personagem profundamente místico, o Zaratustra. Os grandes clássicos são sobretudo humoristas, o que me agrada muito, porque Deus é humor, não só amor. Confúcio foi alguém profundamente consciente da problemática, tem muito pouco de místico, é muito mais filosófico. Gibran teve seus livros queimados em praça pública e isso merece respeito. São pessoas que procuraram abordar todas as contradições humanas, e não solucioná-las. Dentro do existencialismo, você encontra Kierkegaard, profundamente místico, influenciando Heidegger; Nietzsche influenciado por Wagner. Mas aí vamos divagar sobre coisas que não vêm ao caso. A idéia do mágico que está dentro de cada um é clássica, mas infelizmente está esquecida. De Dom Quixote, com a sua chama da loucura, até Dante, na *Divina comédia*. Cada escritor reflete o seu lar.

Sartre foi um cara por quem tive profunda paixão na minha época existencialista, coube-me muito bem naquele momento. Mesmo que hoje discorde em gênero, número e grau com o pensamento sartreano, devo dizer que num momento da minha vida ele foi extremamente útil e necessário.

SUÊNIO: Gosta dele como romancista?

COELHO: Detesto. Acho um chato. Gosto apenas de *O muro*, um livro de contos.

SUÊNIO: Hoje se fala numa certa “nova ciência”, mais próxima da religião.

COELHO: Acho que essa é a tendência, mas não vamos acelerar porque uma pode atrapalhar a outra. Vamos deixar que esse casamento se faça daqui a 300, 400 anos, que aí chegará a época certa.

SUÊNIO: Em que sentido?

COELHO: Ora, veja o Renascimento, a época em que a ciência era totalmente dominada pela religião. O Galileu, por exemplo.

SUÊNIO: Uma época de intolerância.

COELHO: Exatamente. Daqui a 400 anos falaremos sobre isto.

SUÊNIO: Paulo Coelho é capaz de fazer chover?

COELHO: Sim, claro.

SUÊNIO: O senhor recebeu vários prêmios, como o italiano Grinzane Cavour, dado a escritores como José Saramago e Mario Vargas Llosa. Ressente-se da falta de reconhecimento da crítica no Brasil?

COELHO: Tenho o reconhecimento do leitor. Se não fosse o leitor brasileiro eu nunca teria chegado lá. Os prêmios são uma conseqüência. Foi esse leitor que me ajudou a enfrentar momentos difíceis, como problemas com tradução e até ser chamado de burro pela crítica. Porque quando a crítica vem contra mim, ela não me toca, mas quando ela ataca o meu leitor, incomoda-me profundamente. Não serei o primeiro nem o último escritor a ser lido escondido. Faz parte da história. No futuro, dirão: “ah, adorava Paulo Coelho, mas não lia porque não era politicamente correto”. Na hora que recebi o Grinzane, várias pessoas levantaram bandeiras brasileiras. Fiquei bastante comovido, pois não sabia que havia brasileiros.

SUÊNIO: É inegável que poucos escritores têm esse retorno.

COELHO: É, sem dúvida. Estou entre os dez escritores mais vendidos do mundo. É evidente que é uma coisa que me dá uma profunda alegria.

SUÊNIO: Surpreende-se com esse sucesso?

COELHO: Claro. Gostaria muito que acontecesse, mesmo assim é uma surpresa agradável.

SUÊNIO: Não escreve mais para jornais?

COELHO: Escrevi durante três anos. A coluna "Maktub" na *Folha* foi um milagre na minha vida porque não me deixou abandonar o exercício da escritura no momento em que fiquei famoso no mundo inteiro. Deus é sábio e me botou o "Maktub" no caminho. Foi um exercício diário daquilo que é o meu ofício. Ajudou-me muito, mas chega um momento em que se esgotam os temas. Não gosto de me tornar repetitivo. Foi feito com muito amor e dedicação. A remuneração não tinha nada a ver com a exigência. Mas me disciplinou a continuar ligado no meu ofício. Recebi os sinais... Vivo desse alfabeto mágico chamado sinais. Veio um toque e eu disse, pronto, três anos. Parei.

SUÊNIO: Poderia falar do seu trabalho como compositor ao lado de Raul Seixas?

COELHO: Foi um trabalho que me enriqueceu muito, inclusive minha literatura, porque me fez ser bem simples e direto sem ser superficial. A grande confusão é confundir essas duas coisas. Um pôr-do-sol é extremamente simples, uma bola que passa por ali e não tem nada de superficial. Você olha o mar e não tem nada de superficial. Consegui ser simples e direto sem perder a qualidade poética. O índice de releitura dos meus livros é grande.

SUÊNIO: O que guarda do seu contato com Raul Seixas?

COELHO: O meu melhor amigo. Uma paixão que tinha tudo de caótica, e por isso foi positiva. Ontem, estava andando pela praia e escutei num bar uma letra nossa. Éramos passionais. A mesma coisa que falam de mim hoje, "ah, o Paulo Coelho, literatura esotérica...", falavam do Raul. Tinham todos os preconceitos. Falavam do escapismo, do *rock*, do capitalismo.

SUÊNIO: O barato da vida está em ver essas coisas simples?

COELHO: O barato está em viver. Nem sempre sou uma pessoa simples, mas procuro isso. É viver intensamente aquilo que você acredita e não aquilo que os seus pais ou a sociedade acreditam. As pessoas humildes são profundamente ricas e lhe permitem ver que muitas vezes você é o chato. O chato é ver as pessoas com o olhar da cultura, pretensão e vivência intelectual. Tudo isso é muito pobre porque a grande vivência é aquela de sentir, ver o pôr-do-sol e discutir com o cara que está ali com uma metralhadora, ou sentar e comer um pão com uma tribo nômade no deserto. O chato é a coerência, querer codificar a vida. Ter de combinar a meia com a gravata. Graças a Deus o universo não é coerente. Tem uma grande lógica, mas que está no reino do mistério, e que respeito muito. Já passei da fase de tentar explicar a vida. Quero mais é viver.

SUÊNIO: Foi divulgador de discos?

COELHO: Isso me salvou da loucura porque eu vinha de uma fase muito barra pesada. Já tinha estado em cana, experimentado os porões da ditadura, e as pessoas que saíam eram marginalizadas, ninguém queria ajudar, dar emprego. Até que consegui esse emprego. Claro, não era minha lenda pessoal, o meu sonho.

SUÊNIO: Após anos na editora Rocco, o senhor mudou para a Objetiva.

COELHO: Existe um lado do mercado que faz acreditar que está sendo um favor publicar o autor. Uma coisa que eu sei é lutar pelos meus direitos. A Rocco tinha uma visão muito limitada no sentido de dar ao autor a infra-estrutura que ele merece. Escrever é um ato sagrado, mas por si só não resulta em nada. É preciso acabar com a idéia de que o escritor é sagrado, pode escrever qualquer coisa e jogar para o mundo... É preciso ser humilde, bater em portas. Precisamos perceber que um escritor, um taxista ou um operário são a mesma coisa. O escritor é um visionário, mas também é visionário o mendigo que está na calçada.

SUÊNIO: Acha que sua obra transparece alguma preocupação social?

COELHO: Sem dúvida. Se você lesse, iria ver.

SUÊNIO: A idéia da globalização lhe agrada?

COELHO: Acho que caminha para uma simplicidade digna, sem dúvida. A nova tendência é acabar com esse conto do vigário de que classes sociais são inferiores. Se eu quisesse ser padeiro, seria sem o menor problema. Graças a Deus, teria coragem para isso. Acho que a tendência da globalização é pensar mais em você, e, conseqüentemente, pensar mais no seu vizinho.

A fracassada utopia deste século [*XX*] foi o socialismo. Primeiro quis pensar numa sociedade diferente e depois, mudar o homem. Eu era socialista até o dia em que cruzei o muro de Berlim, em 1981. Fui com a minha mulher visitar os países socialistas, sem roteiro, sem conhecer a língua, e vi a patética utopia. Agora estamos mais realistas: mudemos o indivíduo e, conseqüentemente, o resto. A idéia da responsabilidade coletiva não deve surgir através do carolismo ou do fundamentalismo, mas de uma compreensão maior do milagre da vida.

SUÊNIO: Curioso ouvir que Paulo Coelho poderia ser padeiro.

COELHO: Mas poderia. Deixe eu lhe dar um exemplo. Eu tentei. Fiz alguns pães, mas não fiquei completamente seduzido pela idéia.

SUÊNIO: Acha essa humildade necessária?

COELHO: Humildade?

SUÊNIO: Não lhe parece um ato de humildade?

COELHO: Não. Acho que é mais coragem. É preciso ser muito macho para enfrentar os preconceitos sociais, se o que você curte é fazer pão. Dizer para o seu pai, que era engenheiro e tal, "eu quero ser artista".

SUÊNIO: O escritor Pedro Nava dizia que a vida é indigna. O senhor concorda que o conhecimento leva à dor?

COELHO: O conhecimento não é uma coisa do mundo intelectual... Todos nós temos as perguntas clássicas – "Quem sou eu? O que estou fazendo aqui?" – que no geral são dolorosas. Agora, a maneira como você responde a isso pode levá-lo ao inferno ou ao paraíso, como o parto pode levá-lo a um aborto ou a um bebê. Depende de você.

SUÊNIO: A grande questão seriam as respostas?

COELHO: Mais do que as respostas – às quais no dia-a-dia eu desacredito – seria a comunhão, a adoração, a entrega ao milagre da vida. Porque aí você experimenta o êxtase: tudo passa a ser sagrado. A masturbação intelectual que visa responder questões clássicas não me interessa. Os grandes filósofos e místicos não conseguiram, e nós não deveríamos tentar fazer. Não há resposta. Posso lhe dar brilhantes explicações sobre tudo, mas estaria enganando-o, porque ninguém nunca vai saber o que está fazendo aqui. Já conheci grandes e pequenos mestres. Os pequenos explicam tudo sobre a perfeição do universo, e os grandes dizem: "Paulo, quer saber de uma coisa? Na verdade ninguém sabe". Então, reverencie esse mistério e procure ser digno da sua vida, ter a noção de você e do seu próximo, que cada minuto é importante, e faça o seu melhor. É isso que estou procurando.

SUÊNIO: Personagens como Jesus, Buda e Gandhi se aproximaram dessas respostas?

COELHO: Jesus para mim é o filho de Deus, então é diferente. Gandhi foi um cara profundamente revolucionário à sua maneira, não seguiu a cartilha. E Buda estava mais dentro de um sistema filosófico de desenvolvimento. Vejo Jesus dissociado deles.

## CARLOS HEITOR CONY

Jornalista e escritor, o acadêmico Carlos Heitor Cony nasceu em 23 de março de 1926, na cidade do Rio de Janeiro. Autor das biografias *Quem matou Vargas* e *JK: memorial do exílio*, tem lançado livros de grande sucesso. Escreveu, dentre outros: *O ventre, Verdade de cada dia, Tijolo de segurança, Informação ao crucificado, Antes, O verão, Pessach: a travessia, Da arte de falar mal, Quase memória, O piano e a orquestra, A casa do poeta trágico, Romance sem palavras, Matéria de memória, Os anos mais antigos do passado* e *O harém das bananeiras*. Roteirista e cronista de programas de TV, há anos mantém uma coluna diária no jornal *Folha de S. Paulo*.

SUÊNIO: Poderia falar um pouco da sua infância nos anos 30 no Rio?

CONY: Meu pai era jornalista. Tivemos um baque econômico na revolução de 30 porque o jornal em que ele trabalhava foi incendiado. Papai virou-se criando galinhas, fazendo outras coisas. Era um ambiente muito carinhoso; fui um menino que tendia à solidão. Quando fiz a primeira comunhão, fiquei muito deslumbrado com a liturgia católica e, mesmo sem ser religioso, ela me enfeitiçou. Para um menino que morava na zona norte do Rio, a liturgia era a coisa mais civilizada. Via coisas bonitas no cinema, mas lá era espectador. Na liturgia era participante, botava as roupas, mexia nos turíbulos, incensos, e isso me deu uma grande atração pelo seminário, que foi o fato fundamental não só minha infância, mas da minha vida.

SUÊNIO: Escreveu um trabalho sobre Cícero?

CONY: O curso do seminário é dividido em três partes: Humanidades, seis anos; Filosofia, três; Teologia, quatro. Saí do seminário justamente quando ia passar da Filosofia para a Teologia. Nesse momento a gente devia assumir um compromisso com a igreja, e como eu não estava muito seguro, preferi sair. O trabalho a que você se refere foi feito durante o curso. Meu trabalho final foi sobre a deificação da vida, feito num latim muito macarrônico.

SUÊNIO: O que lia no seminário?

CONY: Tudo. Como não tinha uma religiosidade muito grande, não tinha porque me submeter às leituras recomendadas. Li *Madame Bovary*, Eça de Queirós, Balzac, Zola, Camilo Castelo Branco, Julio Diniz, Lima Barreto e vários autores proibidíssimos pela Igreja. Lia sem nenhum sentimento de culpa. Quando li *Madame Bovary* senti um pouco, mas superei e achei que tinha de continuar.

SUÊNIO: Havia o desejo de ser jornalista?

CONY: Não, nunca tive. Queria mesmo era continuar sendo padre, não no sentido religioso, mas para participar daquela grande sociedade que era a Igreja e que, afinal de contas, tem a tradição cultural mais organizada do Ocidente. Afastei-me porque percebi cedo que seria obrigado a ter um compromisso interior de fidelidade, de acreditar em Deus. Saí do seminário sem ter nenhuma vocação específica.

SUÊNIO: Quando rompe com Deus?

CONY: Nunca fiz pacto com ele. Rompi com Deus, não com a Igreja. Continuo muito ligado, gosto de assistir a missas. Quando viajo, visito igrejas antigas, acompanho o cerimonial em latim. É uma das coisas mais bonitas da Igreja, e estou muito preso a ela. Não tenho compromisso com Deus. Chego ao ponto de ter compromissos com os santos. Entendo Santo Antonio, São José e Nossa Senhora como pessoas de carne e osso. O que é humano me interessa, o divino não.

SUÊNIO: A Igreja enquanto instituição...

CONY: A instituição política, social, econômica não me interessa.

SUÊNIO: É no período da sua adolescência quando ocorre o Estado Novo. Já tinha idéia?

CONY: Ainda não tinha idade para perceber. Evidentemente, durante o processo tomei uma repulsa muito grande, o que não me impediu de fazer uma revisão depois. Hoje entendo o Estado Novo de outra maneira.

SUÊNIO: O suicídio de Getúlio Vargas reverteu o processo em favor dele?

CONY: Foi um trauma, um impacto emocional muito grande que fez as pessoas voltarem atrás. É o caso, por exemplo, da morte de César. Quando Brutus apunhalou César, que era o vilão – o discurso de Marcos feito por Shakespeare fala disso –, o povo inverteu, saiu a perseguir os que haviam conspirado contra César. De certa maneira 1954 repetiu isso. O povo descobriu que o tirano, apesar de tirano, tinha lá suas qualidades. O Getúlio tinha uma visão telescópica, via mais do que os outros e adotou um regime de força, uma ditadura porque era uma prática na época. Itália, Alemanha, Portugal e Espanha faziam tentativas no caminho do totalitarismo e estavam dando certo. O lado ditatorial do Getúlio se não é justificado, é explicado. Ele percebeu que a divisão do mundo estava sendo feita entre comunistas e fascistas, extremos da esquerda e direita. Então ele fez uma ditadura de centro. Não era esquerda nem direita. Diziam que o trabalhismo seria um tipo de socialismo cristão, de centro. Ele foi um homem de centro. Botou na cadeia comunistas e fascistas. Custou a entrar na Guerra, mas os americanos também. A Guerra começou em 1939 e os americanos entraram em 1941. Se a gente analisar o Getúlio, apesar da polícia especial, das perseguições e torturas, ele teve um saldo favorável. É realmente o maior vulto da história brasileira.

SUÊNIO: Quando começa sua ligação com Juscelino Kubitschek?

CONY: Em 13 de dezembro de 1968 houve o AI-5. Fui preso nesse dia, e o Juscelino, no dia seguinte. Nunca o tinha visto pessoalmente. Ele foi preso em São Gonçalo, Niterói, e eu no Batalhão de Guardas, com meu amigo Joel Silveira, em São Cristóvão.

Em janeiro de 1969 várias pessoas foram soltas, inclusive eu e o Juscelino. Eu estava na *Manchete*. Pouco tempo depois o Adolfo Bloch me pediu para ajudar nas memórias do Juscelino, já em processo, mas encruadas, entregues a Josué Montello e Caio de Freitas. Havia seis volumes, mais de três mil páginas. O próprio Juscelino tinha dúvidas sobre o que iria fazer, então fui convocado pelo Bloch para editar o material. Essa missão me obrigou praticamente a reescrever todos os volumes, transformados em três. O trabalho foi feito por mim com o Juscelino do meu lado, nesta mesma sala em que você está agora [*sede da TV Manchete, Rio de Janeiro*]. Em seus últimos sete anos de vida, tornamo-nos amigos a ponto de trocarmos confidências. Chorei algumas vezes em seu ombro, e ele também. Morreu em 1976.

SUÊNIO: Concorda com a imagem de empreendedor imputada a ele?

CONY: Sim. Indiscutivelmente. O que se discute é se ele teria sido apenas isso. O problema é se ele foi um grande empreendedor com prioridades certas, usando os meios adequados. A construção de Brasília era prioridade na época? É uma questão aberta. Podemos discutir isso. Mas nem questiono se foi o maior empreendedor. Ele deixa no chinelo qualquer outro. Somando todos os presidentes republicanos, não se chega a um terço do que Juscelino fez.

SUÊNIO: Em 1967 o senhor lançou um livro combatendo o comunismo?

CONY: Combatendo não. Estava no ar, nesse tempo, o problema da guerrilha. O Partido Comunista, caudatário da União Soviética, achava que não podia fazer marola. De uma certa forma, os Estados Unidos e a União Soviética haviam feito um tratado de Tordesilhas: "Isso aqui é meu e isso aqui é seu. Você não entra no meu e eu não entro no seu". O Brasil era o quintal dos Estados Unidos. Como o leão que mija, faz um quadrado e não quer que entre ninguém. Se entrar, ele vai em cima. O Brasil estava dentro do território americano. O PC não queria que os grupos de diversas colorações ideológicas (estudantes, católicos, padres, MR-8) fizessem muito barulho. Combatia-os, chamava-os de porras-loucas. Os que pegaram em armas, como Marighella e Lamarca, eram divergências dentro do partidão.

No meu livro, faço ficcionalmente uma possibilidade de guerrilha que tinha condições não de vencer, mas de lutar. Quando essa guerrilha está no momento de se decidir, o Exército a surpreende e mata todo mundo. Os poucos sobreviventes fogem para o Uruguai e pensam, "onde nós erramos?" Aí vem a certeza: "Fomos traídos. Quem nos traiu? O PC". Traiu porque não queria que aqueles porras-loucas balançassem o equilíbrio de forças que havia na Guerra Fria, senão os países que estavam dentro do território soviético poderiam se voltar contra. Além disso, o PC achava que era mais importante prestar um favor à ditadura, denunciando esse movimento que estava para ser deflagrado, recebendo em troca meios de facilitar a publicação de revistas, organizar simpósios, etc. Evidentemente isto está muito bem posto no livro. É preciso ter uma boa dose de colhão para dizer isso naquela época. O patrulhamento que caiu em cima de mim foi muito grande.

SUÊNIO: Nunca se engajou?

CONY: Nunca. Talvez tenha sido o primeiro a se levantar contra o regime militar, mas isso não quer dizer que eu fosse comunista. Nem sequer de esquerda eu era. Levantei-me contra na medida em que o regime violentava os direitos do homem. Quando vi um coronel chutar um operário na rua Júlio de Castilho, porque ele deu um "viva" a João Goulart, vi que teria de protestar. Minha revolta no dia 2 de abril foi contra o regime militar, não porque era a favor ou contra o comunismo. Estou cagando para o comunismo, o capitalismo, mas não cago para o homem. Sempre combati o regime militar. Há um axioma filosófico de Aristóteles que diz que se afirmo que isso é um pedaço de mármore, não digo que isso é um Michelangelo. Apenas digo que é um pedaço de mármore.

Sempre me recusei a fazer o papel da esquerda. Quando passou essa fase, outros começaram a fazer isso.

Pablo Neruda disse ao Thiago de Melo que o Brasil precisava de um homem como eu. Não era comunista, mas o pessoal achava que eu era. Não há possibilidade de eu me abstrair do meu pensamento, certo ou errado, e me entregar seja a que causa for, a não ser à do homem encarnado em mim, a minha causa.

SUÊNIO: Em *Quase memória*, o senhor narra um período anterior.

CONY: Começo o livro nesta sala, com Rosa [*secretária*] indo almoçar. O fim é com meu carro indo para a Barra da Tijuca. A memória me leva a décadas passadas, da Belo Horizonte dos anos 30, 40 e 50 até um pouco dos anos 60. Quando você fala do tempo passado, você se torna melancólico. Marcel Proust é um exemplo clássico. O meu tempo não é perdido, é desperdiçado. Na medida em que você vai ao tempo, por gravidade você se torna nostálgico. Mas não falo só de coisas boas. No livro, relembro algumas coisas que me envergonharam profundamente. Não é necessariamente escrever o passado de acordo com os interesses do presente. Isso não é memória; é empulhação. A memória tem uma tendência a ser seletiva e parcial, a nos justificar, a fazer esquecer o que não nos interessa. A minha é uma "quase memória". Eu lembro lá e cá, esparsamente, e talvez ela só tenha valor por ser assim.

SUÊNIO: Que distinção faz entre jornalismo e literatura?

CONY: O jornalismo tem compromisso com a realidade, a atualidade, a necessidade de informação e até de formação. Informar, comentar, analisar e tentar formar são os pilares de sustentação do jornal. A literatura é lúdica e serve como reflexão do homem. A utilidade da literatura é dar munição ao homem para refletir sobre o seu destino. Uma meditação do homem sobre o mundo, o seu tempo. Pode ter drama, ser jornalística, mas não é da sua essência. Ela não tem nenhum compromisso; sempre terá um papel individual. O jornalista não pode ser individual; tem um lado social muito grande e quando escreve já o faz para um público dirigido. O sujeito compra o jornal muitas vezes não por causa dele, mas do outro. O livro, não. Quando você compra Shakespeare, quer ler Shakespeare. Quando compra um jornal, quer saber o tempo, a cotação do dólar. Eventualmente pode ler um artigo de alguém, mas o jornalismo é um *mix* de várias coisas. Não há comparação entre os dois. Há um lado material. Tem palavras, usa-se computador, mas nada os compara.

SUÊNIO: Se pudesse, renunciaria a qual?

CONY: [*pausa*] Acho que ao jornalismo.

SUÊNIO: Há uma preferência?

CONY: Não é preferência. A literatura me preenche mais na medida em que me dá mais liberdade, posso ser mais eu. Estou conversando aqui, se cair uma bomba sou obrigado a me interessar; sou obrigado a ler jornais. A literatura não obriga a nada, a não ser refletir.

SUÊNIO: Mas o senhor é mais conhecido como jornalista.

CONY: Sim, porque passei 21 anos sem publicar livro, e nesse meio tempo escrevi no *Correio da Manhã*, no *Jornal do Brasil* e na *Manchete*. De 1958 a 1964 fui mais conhecido como escritor.

SUÊNIO: Tem sido difícil manter uma coluna diária na *Folha de S. Paulo*?

CONY: Não. É trabalhoso porque me obriga à leitura de jornais, ver telejornais. Perco muito tempo com isso. Digo perder tempo, e é verdade. Previdência, políticos, etc. Apenas o ato de escrever é prazeroso. Sou pobre e preciso do jornalismo. Gosto de conforto, viajar. O jornal me dá um salário compatível com o padrão de vida que levo.

SUÊNIO: E também uma repercussão mais imediata?

CONY: Ela é um fogo de artifício. Bem, crianças foram batizadas com meu nome; presos já leram minhas crônicas dentro de garrafas de leite, recebo cartas de todo o Brasil. Isso me gratifica como escritor, esse contato com o humano. Mas jornal não é perene, em poucos anos todos esquecem. O livro, não. Recentemente, em Belo Horizonte, relancei um livro meu num lugar onde havia uns seissentos jovens. Falei para eles que quando escrevi esse livro nenhum deles havia nascido. O jornal é um fósforo.

SUÊNIO: Quais os principais problemas do escritor brasileiro?

CONY: Hoje há editoras num nível de profissionalismo muito bom, mas ainda não está no ponto. As livrarias também são muito deficitárias, apanham rapazes não preparados. Um balconista de livraria tem de ter formação. Eles são perdidos, o gerente não sabe o que fazer e isso prejudica muito, porque o ponto terminal do livro é a livraria. Assim como há formação para vendedor de automóvel, que sabe o que está vendendo, deveria existir preparação para o vendedor de livros. Ainda há o hiato autor/livraria, obrigando os escritores a ir às livrarias saber se o livro está saindo. É horrível, humilhante. Mas já foi pior.

SUÊNIO: Poderia falar um pouco sobre a mídia brasileira?

CONY: Tivemos um mercado mais divertido, mas com menos pluralismo. Os jornais eram subordinados a grupos específicos, para combater ou promover cicrano, depois se profissionalizaram. Mas agora os jornais estão do mesmo lado e isso é perigoso.

SUÊNIO: Quais as etapas até chegar ao texto definitivo?

CONY: O primeiro jato é rápido. Escrevi esse último livro em 21 dias e levei um mês lapidando-o. Há um outro livro que escrevi em nove dias. Não são grandes. Chego depressa, mas gosto de lapidar. Cada edição que sai faço uma revisão, sempre tiro alguma coisa.

SUÊNIO: Falamos do jornalista. E o escritor?

CONY: Antes de mais nada é um sujeito comprometido consigo mesmo. Ele é obrigado a refletir sobre a sua aventura e a dos outros e, na medida do possível, expressar isso em forma de letras. A palavra literatura tem raiz em letra. Essa reflexão pode ser boa, banal, profunda. Temos desde Shakespeare até Lair Ribeiro, não digo nem Lair Ribeiro, mas até Paulo Coelho. São reflexões na medida em que retratam autenticamente uma trajetória humana perpetuada pela literatura, que ainda é um meio válido.

A linguagem audiovisual tem um impacto muito grande – aquela história de que a imagem vale mais do que mil palavras – mas a longo prazo ela envelhece mais do que as palavras. Se você botar os melhores filmes de todos os tempos e projetar daqui a 500 anos, talvez não tenham a mesma perenidade de Shakespeare, Homero, Dante, Goethe. O que é escrito permanece. Nem tudo, claro, mas o que é engajado permanece. O escritor é um interlocutor que fala com o futuro. Antes de falar com os contemporâneos ele lança um dado em direção ao futuro e a sua genialidade está em ele conseguir falar com seus contemporâneos, encontrando as mesmas palavras que seguirão por vários séculos.

SUÊNIO: O que lê no momento?

CONY: Venho relançando vários romances que há muito estavam fora do mercado.

SUÊNIO: Afirmou que o Brasil é o país do amanhã. As coisas são sempre adiadas. Quais os responsáveis?

CONY: O próprio brasileiro. A sombra das bananeiras do país tropical dá uma preguiça... Não há pressa. Enquanto os outros países têm uma noção muito grande do tempo, no Brasil há uma tendência a se adiar as coisas. É o país da grande véspera.

SUÊNIO: Qual a sensação de passar dos 70 anos?

CONY: Uma sensação terrível. Mas qual a alternativa? Você, por exemplo, quantos anos tem?

SUÊNIO: 28.

CONY: Espero que faça 90, 120, mas pergunto: "O que você vai sentir quando fizer 70 anos?" Não sabe. Breve, você entrará na fase em que se diz: "Não confie em alguém com mais de 30 anos". [*risos*] Já não é um ser confiável. Temos que tratar o homem com muito cuidado e respeito porque ele sabe que vai morrer. A alternativa que ele tem fora da morte é envelhecer. E envelhecer é se degradar, ficar feio, doente, impotente, careca. [*risos*] Então tudo isso é alternativo. Se você disser "não quero isso", então morra com 30 anos! Fiz 70, e se fizer 80, 90, devo ficar chatíssimo, dando trabalho aos outros. Mas qual a alternativa? Esse é o grande desafio do homem e não há escolha: é envelhecer ou morrer.

# AUTRAN DOURADO

O escritor mineiro Waldomiro Freitas Autran Dourado nasceu em Patos de Minas, em 18 de janeiro de 1926. Bastante premiado, tem sido fonte permanente de teses universitárias. Escreveu, dentre outros: *Teia*, *Sombra e exílio*, *Tempo de amar*, *A barca dos homens*, *Uma vida em segredo*, *Um cavalheiro de antigamente*, *O risco do bordado*, *Solidão, solitude*, *A serviço del-Rei*, *Violetas e caracóis*, *Ópera dos mortos*, *Ópera dos fantoches* e *Gaiola aberta*, além do ensaio *Uma poética de romance*.

SUÊNIO: O senhor já se intitulou um barroco da contra-reforma.

DOURADO: Foi uma comparação com o barroco, uma escola literária que passou, mas que de certa maneira continua. Por ser de Minas Gerais, sinto-me identificado, sobretudo num livro como *Ópera dos mortos*.

SUÊNIO: E quando associam esse movimento a algo conservador, atrasado?

DOURADO: Não é. Se você considerar como estilo de época, ele foi realmente um movimento conservador, mas acredito que no seu sumo é bastante revolucionário. Esse problema com o passado, o que não volta mais, eu não sei... Às vezes descubro esse meu lado histórico, mas nos meus livros em geral não há data, mesmo num livro como *Os sinos da agonia*, embora utilize a vivência do século XVIII. Eu tenho cuidado porque estou procurando fazer uma literatura de Minas, onde o passado tem muita importância.

SUÊNIO: Alguns críticos apontam influência do escritor Cornélio Penna no seu romance *Tempo de amar*.

DOURADO: Houve alguma influência sim, mas creio que apenas nos meus dois primeiros livros. Em *Tempo de amar* acho que já me desvencilho dele. Aquela religiosidade dele eu não tenho. Há muito tempo que não o leio. Mas a gente não pode afirmar que um escritor está superado. A história é cíclica.

SUÊNIO: No romance *Uma vida em segredo*, o senhor mostra as contradições entre a natureza, no geral perdida, e a sociedade urbana.

DOURADO: Sim. *Uma vida em segredo* trata exatamente da adaptação de alguém do mundo rural no mundo urbano. Você citou bem. Esse é um dos livros que mais gosto; é muito simples e muito bem cuidado. Acredito que é uma das melhores coisas que escrevi. Acho que o elemento sociológico é secundário na minha obra. Sempre procuro enfocar o humano. Mas, claro, essa análise pode ser feita, acho válido iluminar a obra.

SUÊNIO: Meio século após lançar o primeiro livro, que balanço faz do ofício?

DOURADO: Acho-o difícil. Cada vez mais difícil. Quando comecei, fazia com muita felicidade; hoje escrevo com uma dificuldade incrível. Quando consigo produzir duas páginas em cinco horas já me dou por satisfeito. Estou ficando mais exigente. Chego à conclusão de que ao contrário do que me ensinaram – que o estilo é o homem – acho que é o assunto, a matéria que contam. A partir daí, meus livros nunca são iguais, acho que cada um tem o seu próprio estilo, sua forma.

SUÊNIO: Esse é um depoimento freqüente. Escrever, então, é dor?

DOURADO: É difícil. Mas quando não escrevo fico insuportável. Meu analista realmente é aquele computador. [*aponta*]

SUÊNIO: Há sempre uma experimentação, não?

DOURADO: De certa maneira concordo, mas não sou um experimentalista. Preocupo-me muito com o conjunto daquilo que estou fazendo, tanto que só começo a escrever um novo livro quando a forma já está bem definida. Até desenhos geométricos eu faço.

SUÊNIO: Mas não chega a fazer poesia concreta? [*risos*]

DOURADO: Não. É um outro rumo.

SUÊNIO: Por falar nisso, já fez poesia?

DOURADO: Já fiz uma ou outra coisa, mas sem a menor significação. Tenho até a tese de que Deus é justo, porque não tem sentido me dedicar a vida toda ao estudo do romance e de repente eu sair com um livro de poesia muito bom. Fiz uns poucos poemas, mas não é o meu gênero.

SUÊNIO: Referiu-se ao seu livro *Uma poética de romance*, obra teórica que tenta explicar a construção e compreensão do gênero. E os escritores que não lêem teoria?

DOURADO: Cada um tem a sua maneira de descer do bonde. Acho importante conhecer a teoria literária, a filosofia. Leio tudo. Quando começamos a escrever, não temos leitor. Ele vem depois. De certa maneira você deixa de se emocionar para emocionar os outros, é algo meio trágico.

SUÊNIO: O poeta é um fingidor...

DOURADO: É exatamente isso.

SUÊNIO: A teoria não esfria, não tira a emoção do texto?

DOURADO: Não, porque há um certo distanciamento. Quando o autor está escrevendo, ele não pensa em ninguém. Ele se preocupa com as palavras, com a composição.

SUÊNIO: Creio que em seus livros se prioriza a linguagem, mais do que tudo.

DOURADO: Sim, apesar de haver também muita ação. [*risos*] Os blocos de *A barca dos homens*, por exemplo, funcionam com uma certa autonomia, havendo uma unidade subliminar. Literatura é principalmente linguagem carregada de sentidos. Usamos a linguagem do advogado, do político e de outros. O escritor tem de usar esse material para reviver, tornar a língua eficaz. A função social da literatura é dar expressão e melhorar a que existe.

SUÊNIO: Melhorar e representá-la, dar voz?

DOURADO: Sim. O escritor inventa coisas, apropria-se de expressões populares, que são sábias. Mas não existe enquanto não aparece um Drummond, por exemplo, que em suas crônicas sabia usar muito bem essa língua.

SUÊNIO: O escritor tem de ser ambicioso, acreditar no que faz?

DOURADO: Não sei se acreditar no que faz... Tem de ambicionar e partir do princípio de que ele sempre fracassa. Fracassa menos quem ambiciona mais. Certa vez Faulkner disse que quem menos fracassou foi o Thomas Wolf, que foi quem ambicionou mais. Se você não ambiciona superar outros e, sobretudo, se superar, você não avança.

SUÊNIO: Quando escreveu *Um artista aprendiz*, estava influenciado por Joyce e seu livro *Retrato do artista quando jovem*?

DOURADO: Não. Foi uma maneira até de brincar... Foi um dos livros que mais me divertiu, apesar de não me divertir nunca escrevendo.

SUÊNIO: Sofreu alguma influência da geração anterior (José Lins do Rego, Jorge Amado, etc)?

DOURADO: Para ser sincero, não. Não que menospreze uma obra como a do José Lins, acho *Fogo morto* um grande romance, e Jorge Amado até um certo ponto – diria até *Terras do sem fim*. Mas eles não me marcaram, estão muito ligados à terra deles, ao Nordeste, e de uma certa maneira, faço isso. Só consigo pensar em termos literários quando me situo, mas daí a falar em influências...

SUÊNIO: O senhor falou em Jorge Amado e disse: "até *Terras do sem fim*". Acha que houve uma queda de nível após esse livro?

DOURADO: Acredito que sim. Não gosto de julgar, mas acho que ele afrouxou um pouco.

SUÊNIO: O crítico André Seffrin, que resenhou a *Ópera dos fantoches*, afirmou que o personagem João da Fonseca Nogueira é seu *alter ego*.

DOURADO: Sim. É uma maneira que encontrei de pensar certos problemas meus, desligados da minha pessoa. Ele reflete muito minhas angústias e carências.

SUÊNIO: Crê numa certa tradição literária mineira?

DOURADO: Sim. Há uma série de bons autores mineiros que se preocupam com a arte do bem-escrever, desde o meu mestre Godofredo Rangel, passando por Cyro dos Anjos, Aníbal Machado e, de algum modo, Guimarães Rosa.

SUÊNIO: Faz reservas a Guimarães Rosa?

DOURADO: Não. Gosto demais dele. *Grande sertão: veredas*, por exemplo, é fantástico! Confesso que se um livro não me agrada até a página 50 eu largo. Com Rosa foi engraçado, porque quando cheguei nesse ponto tive de reler tudo. Muitas daquelas palavras utilizadas por ele parecem linguagem rural mineira, mas são invenção do Rosa. Ele tinha uma capacidade de expressão enorme.

SUÊNIO: O escritor Carlos Herculano Lopes acha exatamente o contrário. Mário de Andrade...

DOURADO: Também tinha isso. Conversando com Guimarães Rosa, num dia de modéstia dele, o que não era comum, ele me disse: "todos nós viemos do Mário de Andrade". Literatura é continuidade, terreno baldio. Um transmite para o outro sua linguagem. Às vezes preocupo-me muito com esse descuido atual com a linguagem, esses neologismos desnecessários.

SUÊNIO: Num conto, o senhor afirma que "quem não recebia carta do Mário não entrava para a literatura". Era preciso esse batismo?

DOURADO: Sim. Não o conheci, estava no meu aprendizado com Godofredo Rangel. Da Biblioteca Municipal de Belo Horizonte, vi-o descer o Grande Hotel, mas a minha timidez me impediu de falar com ele. Mário, de certa maneira, se prejudicou porque se dedicou a escrever cartas e mais cartas. É uma pletora de cartas, mas afinal ele era um professor e se preocupava com o seu pastoreio, além da sua necessidade de comunicação, de ser amado.

SUÊNIO: Mas perdeu a chance de conhecer Mário de Andrade?!

DOURADO: Lamento, teria sido útil. Certamente teríamos nos correspondido.

SUÊNIO: Por que não seguiu sua geração: Otto Lara Resende, Fernando Sabino, Paulo Mendes Campos?

DOURADO: Devido à minha timidez. Eu ainda não os conhecia nesse período. Era muito solitário. Só os conheci quando entrei para a Faculdade de Direito e o Sábato Magaldi me apresentou aos jovens mineiros. Só aí comecei a me atualizar, pois era um leitor ávido de clássicos, sobretudo portugueses.

SUÊNIO: Falou que era solitário. Acho que continua. Creio que não se agrupou, continua trilhando um caminho bastante próprio.

DOURADO: Embora seja muito amigo deles, minhas confissões literárias são diferentes. Creio que tenho um caminho muito individual na literatura brasileira, o que não quer dizer que é ótimo, mas foi o que encontrei.

SUÊNIO: Dois escritores mineiros atuais: Adélia Prado e Roberto Drummond.

DOURADO: Não conheço Adélia Prado. Nunca li. Uns dizem que é boa, outros, que é ruim... O João Cabral uma vez deu uma entrevista e disse não gostar dela, afirmou que ela tinha apenas disposição de versos, não era poesia.

Não estou muito preocupado com meus contemporâneos. De certa maneira, até me prejudicam porque se são muito bons, vou achar que sou ruim e se são ruins, identifico-me com eles e vou achar que o que escrevo também é ruim, então... Também não conheço Roberto Drummond. Você talvez possa falar melhor deles.

SUÊNIO: Os críticos dizem que o senhor não larga Monte Santo.

DOURADO: Sim. Saí de Monte Santo muito jovem, mas ficou aquilo da infância, e só consigo pensar com os olhos de Monte Santo, apesar de não ter nascido lá. Cheguei lá com alguns meses.

SUÊNIO: O que acha de Pedro Nava?

DOURADO: Acho-o fantástico. De uma língua rica, forte. Não sei se teria a coragem dele de me confessar tanto. De uma certa maneira, ele foi muito escandaloso, gostava de chocar. Fiquei muito surpreso com o suicídio dele. Não sei se permanecerá, mas essas coisas são tão oscilantes. Veja o Drummond. De repente, surge este livro maravilhoso dele, *Farewell* [*livro póstumo, lançado em*

*1996*]. Deixou guardadinho para surpreender a todos. "Vocês pensam que eu estou morto? Não, não estou."

SUÊNIO: Foi assessor de imprensa de Juscelino Kubitschek.

DOURADO: Um pouco antes do suicídio do Getúlio, em 1954. Considero poucos presidentes iguais a JK, mas sou deformado pela proximidade que tive com ele. Ainda fico surpreso quando olho o passado e vejo o que aconteceu depois, com o Golpe de 64. Apesar de quererem aproximar, não vejo semelhança entre Fernando Henrique Cardoso e JK.

SUÊNIO: Malvina, personagem de *Os sinos da agonia*, personifica algo raro em sua obra: uma mulher forte, brava, destemida, mas que, entretanto, se suicida.

DOURADO: Sou muito fascinado pela mulher. Meus melhores personagens são matriarcas poderosas, apesar de apáticas. O mineiro é machista por excelência, mas estou sempre ao lado da mulher.

SUÊNIO: É festejadíssimo pela academia e pela crítica, mas possui poucos leitores.

DOURADO: Não faço nada para ser muito lido, mas gostaria. Sou até muito bem em relação ao que imaginava. Não simplifico a minha literatura, não faço concessões. É a concentração que tenho em mim mesmo. É evidente que todo artista é egoísta, ele está muito centrado na sua visão de mundo, mas não sei se é o meu caso. Às vezes as pessoas têm uma impressão minha de bicho do mato. Realmente tenho algo de estranho. Nunca fui a uma boate. [*risos*] Nunca fui boêmio. Minha boemia extravagante com o grupo era tomar leite na leiteria Nova Celeste. Nunca quis perder tempo.

SUÊNIO: Receia se repetir nos seus livros?

DOURADO: A gente sempre se repete, mas vejo a literatura como uma espiral, ficamos dando voltas. Ao mesmo tempo, ambicionamos fazer "o livro", que nunca acontecerá, pois na verdade somos o resultado de todos os livros que escrevemos.

SUÊNIO: Sente-se morto quando não está escrevendo?

DOURADO: Sim, de certa maneira. Minha empregada chega e diz: "Nada? Nossa mãe, vou rezar para o senhor". [*risos*] Devo ficar meio insuportável quando não estou escrevendo.

SUÊNIO: Os escritores profissionais escrevem com certa freqüência e entregam seus livros às editoras visando determinado mercado. Não tem essa preocupação?

DOURADO: Não, absolutamente. Reconheço que é uma visão romântica, mas se estivesse preocupado teria feito uma literatura inteiramente diferente.

SUÊNIO: Poderia comentar esta afirmação do escritor argentino Jorge Luis Borges: "A literatura é uma forma de alegria. Se leio algo com dificuldade o autor fracassou, por isso acho que Joyce fracassou em sua essência, já que sua obra requer esforço para ser lida".

DOURADO: Essa frase dele é meio contraditória. Não vejo essa coisa de alegria, talvez seja dificuldade minha. Concordo quando ele fala que o autor fracassa em relação à dificuldade. Dos latino-americanos ele é o mais hermético, o mais filosófico. Também é alguém que fingiu muito.

SUÊNIO: Mas todo escritor não é um fingidor?

DOURADO: Sim, embora não queiramos reconhecer. Tem uns que posam para a posteridade, mas a vida do autor tem pouca importância.

SUÊNIO: É aquilo que falávamos há pouco. Clarice Lispector e Guimarães Rosa são tidos ainda por muitos como escritores difíceis, o que não é o seu caso. Acho seu texto extremamente trabalhado, mas não me parece difícil.

DOURADO: Não é. Procuro não colocar empecilho à comunicação. Ela é um dos meios da literatura. É o interesse de ver o outro. Esses autores têm uma língua perigosa, no sentido de influenciar, são muito pessoais. Há uma tendência muito grande de começar a escrever, quando é mulher, imitando a Clarice. Eu a considero bastante hermética. Não é uma autora simples, como também não são Guimarães Rosa e Mário de Andrade. Apesar da sua aparência populista, da sua imensa brasilidade, Mário não é um autor fácil. Não sei como conseguiram traduzir *Macunaíma*.

SUÊNIO: O que acha da literatura de Paulo Coelho?

DOURADO: Isso é uma coisa que não tem a menor importância. Caiu no gosto popular, mas passa. Certos autores que se vêem na história, como Benjamin Constallat... Nem se fala mais e na época fez o maior sucesso. Isso é um modismo. Não há preocupação com o bem-escrever.

SUÊNIO: Após os 70 anos as certezas ficam mais claras?

DOURADO: Não. Eu vivo de surpresas. Nunca encarei a vida com tranqüilidade.

SUÊNIO: Engraçado, o senhor passa muita serenidade, calma.

DOURADO: Dou a impressão de ser sereno? [*risos*] Pode ser. Talvez hoje.

# Dias Gomes

O dramaturgo e roteirista Alfredo de Freitas Dias Gomes nasceu em 19 de outubro de 1922 em Salvador e faleceu aos 76 anos, em 18 de maio de 1999, em São Paulo. Escreveu, dentre outras, as peças *Amanhã será outro dia*, *A revolução dos beatos*, *A comédia dos moralistas*, *Amor em campo minado*, *O rei de Ramos*, *O santo inquérito*, *Branca Dias* e *O pagador de promessas*. O filme, dirigido por Anselmo Duarte, venceu a Palma de Ouro no Festival de Cannes, em 1962. Mas foi a televisão que o tornou famoso, a partir de personagens como Odorico Paraguaçu, de *O bem amado*, e Sinhozinho Malta e a viúva Porcina, de *Roque Santeiro*, ambas telenovelas da Rede Globo. Na emissora, escreveu ainda: *Verão vermelho*, *Bandeira 2*, *Saramandaia*, *Sinal de alerta*, *Mandala* e *Araponga*, além das minisséries *Decadência*, *O fim do mundo* e *Dona Flor e seus dois maridos*, adaptada do romance de Jorge Amado. Em 1998, lançou o livro de memórias *Apenas um subversivo*. Eleito para a Academia Brasileira de Letras em 1991, foi casado com a novelista Janete Clair (1925-1983), autora, dentre outros, de *Irmãos coragem* e *Pecado capital*; e, ainda, com a atriz Bernadete Lyzio.

SUÊNIO: Concorda que boa parte da sua literatura é feita de anti-heróis?

GOMES: Há heróis e anti-heróis. Geralmente o personagem principal é o povo, que sempre oscila entre ser herói e anti-herói.

SUÊNIO: Ao contrário da literatura contemporânea, o senhor constrói sua obra a partir de personagens-chave, emblemáticos: Odorico Paraguaçu, Branca Dias, Zé do Burro, Roque Santeiro, etc. É intencional?

GOMES: Não. É uma característica de autor. São os personagens que surgem na minha mente... Não há um propósito de criar esses personagens emblemáticos. Eles se criam por si. A criação de um personagem é uma coisa muito complexa, não é uma equação matemática. Parte de uma idéia, de uma inspiração; o personagem vai vindo, criando corpo, expondo suas idéias... Não controlo isso porque ele não foi pensado matematicamente. Entra emoção, memória, minha visão de mundo. Através do personagem quero dizer alguma coisa, mas não crio um personagem *para* isso. Ele é que diz.

SUÊNIO: A maioria dos seus personagens é engolida pelo poder, desamparada.

GOMES: Esse conflito entre o indivíduo e poder, essa luta pela liberdade é uma constante. Realmente você pode achar isso, principalmente na minha literatura dramática, porque é uma situação que eu mesmo vivo. Estou sempre em conflito com o poder, as limitações, a censura, com todo tipo de coerção e cerceamento e com a falsa noção de liberdade permanente no nosso sistema, que é a liberdade do regime capitalista. Você pode casar com quem quiser, contanto que case com a Maria. Esse tema aparece várias vezes na minha dramaturgia e os personagens que simbolizam esse conflito são realmente personagens que acabam sendo emblemáticos.

SUÊNIO: Há ainda o elemento cômico ou tragicômico.

GOMES: É uma visão de mundo de alguém que vê a vida como uma piada de mau gosto. Acho que a vida não passa de uma grande sacanagem de Deus [*risos*], se é que Ele existe. As pessoas lutam, sofrem, passam o diabo e tudo para no fim acabar do mesmo jeito? [*risos*] Você nasce sabendo que vai morrer, nasce e começa a morrer...

Isso é uma grande brincadeira de mau gosto. Toda tragédia no fim é cômica ou tragicômica. Vai tratar de uma enorme tragédia e, no fim, você sabe que é cômico.

SUÊNIO: Alguma vez foi tachado de folclórico à Jorge Amado?

GOMES: Essa crítica nunca me atingiu. Não é que eu tenha alguma tendência a folclorizar, mas tenho uma compreensão da dramaturgia brasileira que leva às nossas raízes. Acho que uma dramaturgia brasileira só pode nascer da própria realidade do país. Então, buscando essas tradições, você encontra temas, inspiração e elementos para construir uma dramaturgia autêntica. Sempre me voltei para isso. Desde as minhas primeiras peças na quase adolescência, tinha a visão de que uma dramaturgia nacional só pode nascer de temas nacionais. E quanto mais nacionais eles forem, mais universais serão. Isso é uma maneira de pensar. Daí você vê uma presença de Brasil muito grande e pode às vezes encontrar uma sustentação folclórica. Mas folclorizar as coisas em si não me interessa. Ao contrário, eu fujo disso. Quando eu toco nisso, é de uma maneira sempre a fundamentar as coisas, nunca a extrair daí algo mais transcendente.

SUÊNIO: Vê proximidade entre o seu teatro e o de Ariano Suassuna?

GOMES: Não vejo essa proximidade. Vocês pegam o Nordeste como uma coisa só. Parece que tanto faz nascer na Paraíba, em Pernambuco ou na Bahia. Em matéria de pensamento não vejo nenhuma proximidade. Talvez haja proximidade nos temas, na tipificação dos personagens, por pertencermos a uma mesma região, mas não penso parecido com ele e nem temos a mesma visão do teatro.

SUÊNIO: Já falou que seu teatro é genuinamente popular e farsesco?

GOMES: Farsesco, não; político-popular, sim. Popular na forma, porque todo teatro para mim é popular. Não existe teatro apolítico. Mesmo quando ele pretende não ser, ele é. Quando você se omite, você toma posição, contra ou a favor de alguma coisa. Não existe uma posição neutra em relação à vida: ou se está de um lado ou do outro. Então meu teatro é de posição, não há dúvida nenhuma. Mas, como já disse, todo teatro é político. Mesmo se você faz um teatro escapista, está favorecendo alguma corrente. Se não escreve a favor dos opressores, *(sic)* mesmo que não esteja escrevendo a favor dos oprimidos, estará favorecendo os opressores. Se me deparo na rua com uma briga entre um gigante e um anão e não tomo parte, estarei a favor do gigante.

SUÊNIO: O chamado teatro besteirol faz isso?

GOMES: Não. O besteirol é uma besteira. É um teatro de ocasião, de uma fase muito ruim da nossa dramaturgia, do nosso tempo de decadência. Não temos hoje grandes movimentos. O que caracteriza o teatro brasileiro hoje é a falta de rumo, de perspectiva.

SUÊNIO: Acha que já acabou o tempo de classificar teatro como de esquerda ou não?

GOMES: Sim. Isso é uma bobagem, embora a esquerda e a direita não tenham acabado, porque no dia em que acabarem, teremos a justiça social. É bobagem dizer que não existe mais esquerda; o que não existe é um posicionamento nítido, a bipolaridade do mundo. Dizer que não existe é uma bobagem como dizer que o socialismo está morto. O sonho de uma sociedade igualitária, mais justa, vai continuar, a despeito do fracasso de uma tentativa que justamente fracassou por ter em si a traição a esses ideais. É um sonho de liberdade do homem, que foi traído porque na base da experiência socialista estava a supressão dessa mesma liberdade, uma contradição em si. Não foi o capitalismo que derrotou o socialismo. Ele se derrotou por si porque se corrompeu, se corroeu através de uma noção falsa do que era o socialismo.

SUÊNIO: O que acha dessa onda em torno de Nélson Rodrigues?

GOMES: É também uma característica da falta de rumo do teatro. De repente o Nélson morre e as pessoas o descobrem. Fez muito pouco sucesso em vida e depois de morto virou gênio. Então, montam o Nélson Rodrigues adoidado, uma enxurrada, até prejudicando uma visão nítida da sua obra. Isso resulta do vazio em que estamos.

SUÊNIO: Ele tinha uma frase famosa: "O teatro brasileiro precisou de 400 anos para passar de Shakespeare a Dias Gomes".

GOMES: Ele tinha uma pinimba comigo. Nem sei por quê. Troquei com ele umas três ou quatro palavras. Aliás, ele brigou com todos os autores que surgiram na década de 60 e foram bem-sucedidos.

SUÊNIO: Como o dramaturgo Oduvaldo Vianna Filho.

GOMES: Isso. O Vianinha, o Guarnieri e eu. Ele tinha uma grande frustração por não ganhar prêmios. Nélson Rodrigues passou a vida toda sem ganhar um prêmio; só recebeu quando estava perto da morte, no regime militar deram-lhe um prêmio qualquer. Vivia nos gozando porque ganhávamos prêmios. Essa frase é de uma crônica dele. Era muito engraçado, ri muito quando li. Tivemos uma certa polêmica, fabricada um pouco pela imprensa.

Quando escrevi *Campeões do mundo*, um repórter de *O Globo* me entrevistou, e falei da minha longa carreira, desde os anos 40. Após a entrevista ele disse: "Você é todo o teatro brasileiro!" Eu disse: "É, realmente sou". Ele botou essa frase no jornal, na manchete, como eu a tendo dito. Um repórter pegou e levou para o Nélson. Ele ficou puto da vida e aí deu uma entrevista me esculhambando, dizendo que eu tinha começado imitando Juraci Camargo. Depois, veio o repórter para mim. Disse que era melhor imitar Juraci Camargo que ser o Tennessee Williams de Madureira. [*risos*] Mas era uma coisa fabricada pela imprensa. Nesse momento, lançava *Campeões do mundo* e o produtor gostou da polêmica, acabou promovendo a peça. Não foi nada sério.

SUÊNIO: Preferiu Flávio Rangel a Anselmo Duarte para dirigir *O pagador de promessas?*

GOMES: Não foi bem assim. A peça obteve enorme sucesso quando foi encenada no TBC [*Teatro Brasileiro de Comédia*]. Flávio me falou do seu anseio de fazer um filme. Disse a ele que arranjasse os meios e nós faríamos o filme. Tinha, então, um compromisso moral com ele. Lutou muito para conseguir dinheiro para fazer o filme, mas não conseguiu. Um dia ele veio a mim com o Anselmo, falando que ele tinha um produtor. Resisti bastante a princípio. O Anselmo me preocupava, vinha das chanchadas da Atlântida, tinha feito um filme elogiado, mas era o seu segundo filme, e isso me dava muita insegurança. Exigi no contrato que o Flávio participasse da produção como diretor artístico, mas o próprio Flávio depois desistiu disso.

SUÊNIO: Começou na TV em 1969, numa novela com o sugestivo nome de *Ponte dos suspiros*?

GOMES: Minha primeira passagem pela TV pouca gente conhece, porque trabalhei com o nome de outras pessoas, desde 1953. Era diretor da Rádio Clube do Brasil, que era do Samuel Wainer, diretor da *Última Hora*. Naquele momento, o Carlos Lacerda fazia uma tremenda campanha contra o Samuel e o Getúlio Vargas. Foi aí que recebi um convite para ir a Moscou. Ninguém podia sair dizendo que ia para Moscou, era proibido. Passei antes na Inglaterra, e quando cheguei a Moscou, o Lacerda, não sei como, descobriu uma foto minha depositando flores no túmulo de Lênin e publicou na primeira página da *Tribuna da Imprensa* com a manchete "Diretor da Rádio Clube leva flores para Stalin com o dinheiro do Banco do Brasil". [*risos*] Veja que situação: nem era para Stalin, nem o dinheiro era do Banco do Brasil. Tomei emprestado de um agiota e demorei um ano pagando.

Quando voltei, fui sumariamente demitido. Eu sofri uma espécie de macartismo no Brasil: entrei para uma lista negra, ninguém me dava emprego. Ir a Moscou naquele tempo era mais fantástico do que ir à lua. Fiquei marcado, não conseguia emprego nem em rádio nem em jornal. Nesse momento a TV Tupi estava começando e não tinha autores contratados, fornecia-se cachê. Comecei então a escrever os programas. Havia peças de uma hora, *shows*, policiais, e comecei a escrever pedindo para as pessoas negociarem com a Tupi, veja só. Depois, elas me davam o cachê. Isso parece um filme de Woody Allen em que ele é testa-de-ferro de três autores que estão na lista negra. Comigo era o contrário. Tinha três autores que eram os testas-de-ferro dos meus programas. Escrevia muito porque os cachês eram muito miseráveis, tinha de fazer vários programas para poder conseguir um salário para sobreviver. Os três autores eram minha esposa Janete, Moisés Veltman e Paulo de Oliveira. Vivi assim quase um ano. Essa foi a minha primeira passagem pela TV e ninguém sabe. Todo mundo pensa que entrei para a TV em 1969. Nesse ano, devido à ditadura, principalmente após o AI-5, quase todas as minhas peças foram proibidas – *O berço do herói*, *A revolução dos beatos*, *Amor em campo minado*. *O pagador de promessas* passou cinco anos sem ser exibido. Vi então que tinha de arranjar outro meio de vida. Foi aí que a Globo me chamou para fazer novela. Era um desafio enfrentar um gênero subestimado, cercado de preconceitos. Mas, por outro lado, seria uma incoerência política minha não aceitar. Já que era autor de uma geração que tinha proposto teatro político e popular, no sentido da platéia, algo que nunca conseguimos alcançar, a TV me oferecia essa platéia. Era uma incoerência virar as costas. Foi um desafio estimulante achar a linguagem.

SUÊNIO: Mas reconhece que há um abismo entre escrever para teatro e televisão?

GOMES: São duas coisas completamente diferentes. Digo apenas que havia aquela platéia oferecida pela TV e que ambicionávamos para o teatro. Não digo que a telenovela supriu essa falta; ela ocupou um espaço que deveria ter sido do teatro ou do cinema, que do mesmo modo não chegou lá, se elitizou, se hermetizou. Quanto à *Ponte dos suspiros*, a produção já estava encaminhada e o elenco, contratado. Era um folhetim italiano do século XIX. Sugeriram-me colocar um pseudônimo, não fui eu que fiz por preconceito. O Boni me disse que não tinha nada a ver com o meu teatro e me sugeriu usar um pseudônimo. Meu primeiro contrato com a Globo dizia que quando eu assinasse, teria um aumento. Assinei então como Stela Calderón, nome sugerido pelo Walter Clark. Anos depois, soube que ela existia: era uma escritora argentina. [*risos*]

SUÊNIO: A época áurea da TV está ligada a sucessos seus, como *Saramandaia*, *O espigão*, *Sinal de alerta*, *Bandeira 2* e *Roque Santeiro*. Houve uma grande queda?

GOMES: Já nos anos 70 previa essa crise. Quando propus à Globo que fizesse uma casa de criação, eu fundamentava minha proposta na previsão de uma crise de criatividade muito grande, e que a Globo precisava se preparar para isso, buscar novos formatos, novas temáticas. Era uma proposta generosa, talvez inteligente demais para ser aceita. Teve apenas dois anos de vida. Essa crise já começa nos anos 80. É universal e em todos os gêneros. Qual foi o grande dramaturgo, o pintor que surgiu? Vá ao Museu de Arte Moderna de Nova York e veja obras que são um horror. Uma arte de empulhação, de charlatões que surgem a torto e a direito aproveitando-se desse grande vazio. A telenovela não podia escapar disso. É um problema de fim de época, de fim de século.

SUÊNIO: *Roque Santeiro*, além de um estrondoso sucesso, rendeu também um desentendimento seu com o escritor Aguinaldo Silva.

GOMES: Ciumeira dele, mais nada. Era colaborador. Foi chamado, depois a Globo o afastou e ele não gostou, ficou magoado. Nada mais que isso.

SUÊNIO: Chegou a colaborar com os textos de Janete Clair?

GOMES: Fomos casados durante 33 anos. É evidente que trocávamos muitas idéias, apesar dos nossos estilos serem completamente diferentes. Opinamos sobre nossos trabalhos durante toda a vida juntos.

SUÊNIO: A minissérie *Decadência* foi responsável por um polêmico embate travado entre a TV Record e a Globo?

GOMES: Segundo o bispo Edir Macedo, sim. [*risos*] A Igreja Universal tentou me processar, mas não conseguiu. Na época, recebi uma carta precatória que, segundo o arrazoado da igreja, dizia que a minissérie foi responsável por enormes danos causados a ele, e procurava demonstrar que eu quis retratar na figura do D. Mariel o bispo Edir Macedo. Parece que o bispo tem obsessão em querer ser o D. Mariel. Já cansei de dizer que ele não é, mas ele repete, sou eu, sou eu, sou eu. Ele devia se achar parecido com o Edson Celulari. Insistia em dizer que é, mas já disse que não. Como disse antes, a criação de um personagem é algo muito complexo. Nenhum personagem de ficção é alguém. É sempre o pedacinho de muita gente. São memórias vivenciadas, leituras, um pouco de pesquisa, adicionando a isso um pouco de si mesmo. De toda essa colcha de retalhos nasce a personagem. Sempre alguém vai se identificar com um personagem da sua categoria. Se crio um médico, qualquer médico vai achar pontos de identificação com ele, porque todo médico tem clientes, consultório... A ação desse personagem vai ter de passar por essas coisas, mas isso não quer dizer que seja ele.

SUÊNIO: Uma versão diz que você teria recebido uma encomenda de Roberto Marinho para alimentar o duelo da Globo com a Record.

GOMES: [*risos*] Isso é ridículo. Primeiro porque o doutor Roberto não faria nenhuma encomenda ao Dias Gomes. Se ele tivesse de encomendar seria a alguém mais próximo, que espelhasse melhor as suas idéias, com todo o respeito. Essa história de a Globo ter duelado com a Record foi um negócio de Davi e Golias. Por que o que a Record incomoda? Se a Globo tem suas preocupações, deve ser com a TV do Silvio Santos, com a Bandeirantes, emissoras que têm alguma audiência, embora muito menos que a Globo. A Record não tem nenhuma. Você pega o ibope, só tem tracinhos. Por que a Globo iria se preocupar com a Record? Isso desmoraliza o argumento, e quanto a eu ter recebido uma encomenda da Igreja Católica... Escrevi tantas peças contra a Igreja, seria totalmente absurdo. Sou autor de *O pagador de promessas*, *O santo inquérito*... peças que questionam a Igreja Católica. Seria o último autor do mundo que eles teriam pensado, não?

SUÊNIO: Gilberto Braga afirma que a vida do roteirista é isolada, cansativa.

GOMES: Já foi pior. Nos tempos heróicos da TV, quando eu entrei, era terrível. A Globo só tinha dois autores contratados: eu e a Janete. Terminava uma novela na sexta, começava outra na segunda. Não tinha autores para nos substituir. A Janete fez cinco novelas emendando uma na outra, sem descansar. Umas dessas novelas tinha 320 capítulos, os *Irmãos coragem*. Fiz três seguidas: *Ponte dos suspiros*, *Verão vermelho* e *Assim na Terra como no Céu*. E só a partir de 1972 é que a Globo contratou autores para se alternarem conosco. Daí em diante, passou a vigorar um regime mais humano. Durante muito tempo os autores escreveram sozinhos, sem colaboradores, o que era terrível. Você tinha de fazer tudo. Ficava enjaulado, enclausurado em casa, escrevendo durante nove meses, sem poder ir ao teatro, ao cinema, e detestando a visita dos amigos mais queridos. Estava sempre olhando para o relógio, o melhor caminho para o enfarto. Por isso deixei de fazer novela, algo desgastante e que não me satisfaz totalmente por causa do sistema de trabalho. Não é um trabalho que eu possa burilar. Passam-se dois, três anos, eles me pegam, me imprensam e me convencem a fazer mais uma. E novamente eu digo que é a última. Podendo fugir, eu fujo. Não tenho nada contra telenovela. Só acho que os outros devem fazer, eu não.

SUÊNIO: O que faz quando não está escrevendo?

GOMES: Sempre estou. Esse "não estar escrevendo" são algumas horas do dia. Tenho o hábito de escrever, uma necessidade diária. Se não tiver um trabalho objetivo para escrever, invento algo, uma carta... No intervalo, vou ao teatro, vejo filmes, leio bastante e também faço um pouco de exercícios.

SUÊNIO: Qual o seu personagem preferido?

GOMES: Não tenho. Seria uma injustiça para os outros personagens escolher um. Vários me deram muitas alegrias, outros nem tanto. É como filho, você não pode escolher um. Os outros é que têm de gostar.

# FERREIRA GULLAR

Poeta, ensaísta, roteirista e dramaturgo, José Ribamar Ferreira nasceu em São Luís, capital do Maranhão, em 10 de setembro de 1930. Participou da primeira fase da poesia concreta, ao lado de Décio Pignatari e dos irmãos Augusto e Haroldo de Campos, mas acabou se desligando do grupo e se tornando um de seus críticos mais ferrenhos. Escreveu, dentre outros, *Um pouco acima do chão*, *Luta corporal*, *Poemas*, *Dentro da noite veloz*, *João Boa-Morte*, *Cabra marcado para morrer*, *Poema sujo*, *Barulhos* e *Muitas vozes*; os ensaios *Cultura posta em questão* e *Vanguarda e subdesenvolvimento*; e as peças *A saída? Onde fica a saída?* e *Dr. Getúlio, sua vida e sua glória*. Em 1998, publicou o livro autobiográfico *Rabo de foguete*. Como roteirista de TV, sempre em parceria com Dias Gomes, escreveu *Araponga*, *As noivas de Copacabana*, *Decadência* e *O fim do mundo*. Foi casado com a atriz Thereza Aragão e atualmente vive com a poetisa Cláudia Ahimsa.

SUÊNIO: Num artigo publicado na *Folha de S. Paulo*, "Dor e arte", o senhor rebatia alguns teóricos e escritores que vêem na vida um caminho irreversível para a dor e o sofrimento. Ao contrário, afirmava que a arte faz parte da necessidade de o homem ser feliz.

GULLAR: Acho que a própria atividade criadora, seja a literatura, a música ou qualquer outra, é em si mesma expressão de algo positivo. Mesmo partindo do sofrimento, o objetivo é transformá-lo em algo assimilável, aceitável pelo outro e pelo próprio autor. Ele transubstancia a dor num prazer estético, numa alegria, numa forma de felicidade. Pessoalmente, já vivi momentos de grande sofrimento, que não foi possível transformar em obra-de-arte. Acredito que o sofrimento pode atingir tal nível, que anula qualquer capacidade de o ser humano criar. Quando você consegue transformá-lo em obra-de-arte é porque ou ele não foi tão esmagador ou já foi parcialmente assimilado. Na sua crueza absoluta ele não permite nada.

SUÊNIO: Isso me lembra *De profundis*, do escritor Oscar Wilde.

GULLAR: Sob esse aspecto o exercício da expressão artística é uma forma de resgate da vida, até terapêutico, de saída do desespero. Não que a arte seja exclusivamente isso, mas ela serve, em determinado momento, para isso. No caso dele, encarcerado, realmente, o que é que se vai fazer numa situação daquela? Se é um homem com o talento e o espírito extraordinário do Wilde, ele transforma numa coisa criativa, que o ajuda a suportar o desespero. Mas a arte não é apenas a sublimação do sofrimento, seria uma simplificação; entre outras funções ela tem essa. Ela é fundamentalmente uma experiência estética. Ou seja, eu posso, num momento de desespero, escrever uma coisa qualquer, um mau poema, que não seja uma obra-de-arte. Não basta ser expressão de uma vivência, feliz ou sofrida, para ser obra-de-arte. Ela se define pela qualidade estética.

O grande equívoco do momento em que vivemos é achar que expressão e obra-de-arte são a mesma coisa. Posso berrar, gritar, chorar... Isso é expressão. Obra-de-arte é um exercício de valores simbólicos e estéticos da expressão. É a elaboração da linguagem, por isso requer experiência anterior, domínio de linguagem. O grande equívoco de hoje é achar que tudo é obra-de-arte. Isso é uma bobagem. Artistas como Borges afirmavam, e isso é divulgado e repetido, que todo mundo é artista, o que é uma grande mentira. Esse democratismo surge porque o cara se julga gênio e imagina: "para não pensarem que sou orgulhoso de ser gênio, vou dizer que todo mundo é artista". Quem mente não ajuda ninguém. Não quero ser humilde na mentira. Não é verdade que todo mundo seja artista, o que não quer dizer que o artista é superior. Ele é só artista, como poderia ser um jogador, um cozinheiro. Vivemos na época da mentira, da fraude. Todo mundo é progressista, democrata, avançado... Eu participava de um debate em Brasília quando alguém citou essa frase do Borges. Havia um piano no palco e propus que ele tocasse o *Noturno*, de Chopin. [*risos*]

SUÊNIO: A felicidade virou bem de consumo?

GULLAR: Vivemos numa sociedade maléfica, que deteriora, falsifica tudo. As pessoas procuram se defender, preservam seus valores até onde podem, e muitas buscam a felicidade à margem do consumo. É verdade que existe muita gente achando que a felicidade é o que a sociedade de consumo e a mídia estabelecem. Essa juventude que participa desses grandes espetáculos de massa... Os caras se vestem de primatas porque é isso que são, homens da caverna. A música que escutam é barbárie, é só ritmo, sem melodia. As pessoas não vão para cantar, pelo prazer musical, mas simplesmente para entrar no delírio, cuja origem é a droga. É um espetáculo deprimente, pior do que qualquer ritual primitivo, que tinha sentido de ritual. Sei que é pecado falar, mas, na verdade, isso reflete o grande equívoco que consiste na destruição dos valores que o homem conseguiu criar ao longo dos séculos. A destruição da música, do teatro, da arte... Tudo feito sob a alegação de que nossos avós eram débeis mentais.

Os vanguardistas do início do século XX, arautos da nova época, anunciavam uma época maravilhosa, que é a nossa, veja você. Esses arautos julgavam que nossos antepassados, as mulheres bem vestidas com saias longas, tudo era imbecilidade. Bem, terminamos com as moças nuas, de fio dental na praia, o que é uma grande conquista. As pobres coitadas, transformadas apenas em pernas, bundas e coxas, pedem a Deus que apareça algum poeta para dizer algo mais bonitinho.

Vejo pessoas pulando diante de três imbecis tocando guitarra e pergunto-me o que vai acontecer com essa juventude. Não se é jovem a vida inteira. Mais rápido do que se imagina o cara terá 50 anos, e aí verá que não leu, não conhece nada, não tem nada por trás, porque todo valor que ele tinha era ser jovem e gozar a vida, entrar no barato. Só aí ele vai compreender que a cultura anterior, aquele requinte jogado fora, era sabedoria. Esse requinte que nós jogamos fora era arte, cultura. Os caras já tinham manjado que o ser humano nasce para morrer. Começa engraçadinho e depois fica velho, brocha e doente, então a arte nasceu exatamente para tornar a vida melhor e criar a fantasia necessária, porque o realismo da vida é uma grande merda.

SUÊNIO: Em 1954, ano do suicídio de Vargas, o senhor lançou *Luta corporal*. Como viveu essa época?

GULLAR: Morava numa vaga de um quarto dividido com três pessoas em uma pensão infecta, na rua Buarque de Macedo, próxima ao Palácio do Catete. Éramos eu, Carlinhos Oliveira e Oliveira Bastos. Na madrugada de 24 de agosto, mal consegui dormir. Estava aquela crise inteira... Da minha janela ouvi um tilintar de metais. Eram soldados com roupa de campanha cercando o quarteirão. Levantei-me e fui para o palácio. Fiquei até de manhã num bar. Todo mundo estava contra o Getúlio. Às 8 horas, o *Repórter Esso* anunciou o suicídio de Getúlio. Fez-se aquele silêncio, e as pessoas que estavam contra ele minutos antes gritaram: "Mataram o velhinho!" De repente, todos ficaram com pena de Getúlio e contra o Lacerda.

SUÊNIO: Em seguida há a rumorosa polêmica com os irmãos Campos.

GULLAR: Nós constituíamos a chamada vanguarda da época, que nasceu basicamente desse meu livro. Não porque ele tivesse proposto o caminho da poesia concreta, mas porque ele quebrou a poesia anterior, rebentou o que existia. Os Campos, quando viram meu livro, me procuraram e disseram que eles também queriam mudar a poesia brasileira. Algumas das idéias foram dadas por mim a partir da idéia básica de que a nova poesia não deveria propor um novo verso, que era a tese deles. A nova poesia deveria propor o fim da sintaxe verbal. Eles aderiram a essa tese, depois se apropriaram e me expulsaram da história. Como a enciclopédia soviética, apagaram tudo e reescreveram. Deixei de merecer a glória de pertencer às origens da poesia concreta, o que agradeço. Eu não tinha a mesma posição. Essa coisa de desintegrar a linguagem eu já tinha feito com *Luta corporal*, algo que tinha raízes profundas na minha experiência pessoal. Eles propunham um plano-piloto de poesia, o que considerava um contra-senso. Imagine se eu ia me ligar a um movimento para dizer como se faz poesia. Seria ingenuidade. Não digo nem o Augusto, mas o Haroldo e o Décio são pessoas inteligentes, cultas, e a tese é primária. Eles sempre tiveram esse vezo de coisa modernosa, do momento. Depois eles adotaram a expressão da guerrilha, coisas em moda, que nunca me agradou. Jamais pensei que a poesia fosse um produto racional, cerebral. No manifesto, eles propuseram que a poesia fosse feita a partir de então segundo fórmulas matemáticas! A métrica é a única possibilidade que há de você usar uma relação verbal/matemática. As palavras são arbitrárias.

Liguei para Augusto, falei que isso era impossível. Eles estavam propondo uma fórmula matemática que determinasse as palavras do poema! Aconselhei-os a ler Cassirer, que demonstra que as linguagens simbólicas são intraduzíveis. Não existe relação matemática para dizer que agora é tal palavra que deve entrar em tal lugar. Falei para eles que isso era charlatanismo. Ficaram zangados e confirmaram a publicação. Falei então que publicaria um manifesto ao lado me desligando do movimento.

O engraçado nisso é que algum tempo depois, passado o calor da briga, o Décio, que sempre foi o mais cordial e o menos sectário do grupo, apareceu no jornal falando que finalmente se criava no país uma indústria de base e que na poesia era a mesma coisa. Eles propunham agora a criação de uma tal de "poesia de base". Falei: "Mas que diabo é isso?!" [*risos*] Queriam publicar outro manifesto. Lembrei a ele que havíamos rompido porque eles escreveram um manifesto dizendo que a poesia ia ser feita segundo fórmulas matemáticas. Disse que não publicaríamos um manifesto anunciando uma poesia que nunca seria feita. Ele nunca mandou poesia de base nenhuma nem o manifesto. Não há na história da literatura brasileira a fase "poesia de base" da poesia concreta porque, felizmente, não publicamos. Se tivéssemos feito isso, já estaria sendo ensinada na universidade.

SUÊNIO: Havia uma posição ideológica no movimento?

GULLAR: Nunca. Houve um certo oportunismo deles na época da renúncia do Jânio, quando começa a discussão pela reforma agrária... Para não perderem o bonde, começaram a querer introduzir na poesia deles tinturas políticas, mas quem lê a teoria da poesia concreta vê que ela é, por definição, apolítica, uma atitude formalista. Eles chegam a dizer que "o conteúdo da poesia é a época. O poeta não tem de pôr conteúdo algum". Ora, se o poeta não pode colocar conteúdo em seu poema e o conteúdo é a mera elaboração formal – *velocidade, cidade, dade*... Então é isso que é poesia?! *Novo, novelo, no velho*... São jogos de palavras, trocadilhos, aliterações.

Em 1963 li Marx, comecei a ter uma visão crítica, a ver que precisava conhecer o Brasil. Então tratei de me ligar politicamente contra o *status quo* da sociedade brasileira. No CPC [*Centro Popular de Cultura*] fiz poemas de cordel não para fazer literatura, mas simplesmente para usar minha habilidade de poeta com o propósito de conscientizar politicamente as pessoas. Deixei de ser escritor, era um ativista político, usava da minha habilidade para conscientizar politicamente. Os concretistas mandaram para o CPC uns poemas deles – aquele negócio de coca-cola e cloaca – para aproveitar a onda política que se manifestava pelo CPC. Decidiram-se em um mau momento. A carta deles chegou um mês antes do Golpe [*de 1964*]. Soube que o Haroldo estava em Paris quando houve o Golpe e teve uma caganeira que durou vários dias. A Lígia Prado, que o hospedava, não entendia por quê. Cancelou a reserva dele e ele ficou lá, se cagando de medo. Ela me contou que, quando perguntou o que tinha havido, ele respondeu: "nós mandamos uma carta para o CPC da UNE [*União Nacional dos Estudantes*] e agora vão dizer que somos comunistas". Ora, a polícia entrou lá e tocou fogo na UNE: essa foi a participação política deles de que sei.

SUÊNIO: Vargas Llosa afirma que a ideologia cega o escritor.

GULLAR: Se você quer fazer literatura para ilustrar teses ideológicas, isso não vai ser literatura. Agora, é diferente se você adota uma visão de mundo que seja política, revolucionária, que a partir daí passe a olhar o mundo dentro dessa perspectiva, não como uma série de palavras de ordem que você tenha dentro da cabeça. Desde que você tenha a capacidade de não se deixar prender por sua visão política imediata. Um engajamento político célebre é o do Balzac. Ele tomou uma atitude político-militante na literatura contra a burguesia. Era partidário do rei, da nobreza. Há uma novela dele em que conta a história de um pequeno-burguês que cresce, e depois a máquina capitalista o destrói. No final, o rei manda chamá-lo e o salva. Mas toda a novela é muito rica pelas observações da vida, dos costumes, etc. Então, evidentemente, quando ele se debruçava sobre a realidade, deixava as idéias políticas e queria apreender a vida e criar aquelas histórias. Quando o escritor não se deixa cegar por sua idéia política, mas se entrega ao processo criador e esse processo supera a atitude ideológica, ele realiza uma obra literária verdadeira. Outro exemplo é o de Gabriel García Márquez. Ele é um militante. Todos os dias ele diz qual é a sua posição. E não só diz, como pratica, mas não se deixa cegar pela sua visão ideológica.

SUÊNIO: Seriam os casos de Jean-Paul Sartre e Pablo Neruda?

GULLAR: Sim. O problema não é o engajamento político-ideológico, mas a grandeza espiritual e a capacidade criadora do artista. Não é só a coisa ideológica que pode cegar. A paixão pode cegar o artista. Qualquer coisa que você queira expressar adotando uma atitude sectária ou esquemática não se torna uma obra, mesmo se for sobre um passarinho na janela.

SUÊNIO: Gosta da poesia de Neruda?

GULLAR: A maior parte não presta. Acho que escreveu demais.

SUÊNIO: Alguns acham seu livro *Poema sujo* pornográfico.

GULLAR: Aquele poema foi escrito num momento em que eu estava encurralado em Buenos Aires, sem documentos que me permitissem sair do país e praticamente cercado por uma ditadura que tinha se instalado. As pessoas próximas de mim sendo presas, desaparecendo... Vi que o cerco estava se fechando. Durante muitos anos tentei falar do mundo de São Luís de Maranhão, onde vivi minhas infância e adolescência, que sempre pulsava dentro de mim com muita força e vitalidade. Tentei expressar aquilo através de um romance, tentei escrever três vezes e não consegui. Havia então, de um lado, o encurralamento em que estava como exilado e, do outro, uma vontade de falar desse passado, que era presente para mim. Escrevi num estado de graça poético. Escrevi uma carta ao Leandro Konder, falando: "Comecei a escrever um poema que terá de 70 a 100 páginas e se chamará *Poema sujo*".

Feito Midas, tudo que eu tocava virava poesia. Os alagados, a quinta do Medeiros, a doença venérea, a quitanda do meu pai... Tudo virou poesia. A pessoa que lê vê que aquilo está integrado pela emoção. Seria uma falsificação se eu, naquele momento, falando em carne viva da minha experiência de vida, resolvesse usar uma palavra delicada: o pênis, o membro masculino, não teria cabimento.

Acho que a poesia é um processo de alquimia em que a prosa vira poesia. Então, tudo o que constitui linguagem prosaica, desde os nomes de mercearia, até as coisas vulgares, escatológicas, que constituem a nossa vida e nossa linguagem, são transformados em poesia. Dessa forma a poesia incorpora não só os anjos, os olhos deslumbrantes da amada, mas tudo o que constitui a nossa vida. Dá-se assim dignidade poética a todas as coisas, a todos os nossos atos. *Poema sujo* não é um livro político nem uma canção do exílio, e sim a tentativa de resgatar o tempo perdido, quase proustiano, dar vida ao que se perdeu.

SUÊNIO: Um amigo deu esse livro a uma senhora casada. Uma semana depois, o marido leu e devolveu o livro a ele.

GULLAR: Esse não é um livro para senhoras casadas. [*risos*] O general Golbery foi outro que achou pornográfico. Assim que o poema foi publicado, com repercussão, e o deram para ler para que ele me permitisse voltar ao Brasil, ele leu e disse: "Eu até concordo que ele volte, mas esse poema é pornográfico!" Que o Golbery ache assim, eu entendo, mas não é só ele. Aliás, não sou pornográfico, não sou de ver cinema ou literatura pornô. Não por preconceito, até porque acho transar uma das melhores coisas da vida, mas prefiro trepar a ler sobre trepadas. [*risos*] Acho que se deve praticar o amor e o sexo em larga escala, mas a principal condenação que faço à pornografia é que não tem amor, é só a coisa animal, quando a coisa maravilhosa do sexo é ele ser praticado com amor, é você encontrar um ser humano como você. Isso é mais maravilhoso do que a poesia.

SUÊNIO: Em 1987 o senhor lançou *Barulhos*.

GULLAR: Um dos meus livros mais castigados pela crítica, se bem que não existe mais a crítica. Alguns o saudaram e dois esculhambaram o livro. Um deles, um cara de São Paulo, muito ligado aos Campos na época, escreveu mais sobre meu apoio à campanha de Miro Teixeira do que sobre o livro. Acho um bom livro, não publico bobagens, corto antes.

Faço poesia movido por algo: uma descoberta, uma experiência que ainda não expressei. Tenho a visão de que o poema é o lugar em que a linguagem vira eventualmente poesia. Ler é promover esse acontecimento. A poesia não é uma coisa pronta, as palavras poéticas não existem *a priori*, antes do poema, elas estão aqui sendo faladas, ditas. No poema, elas estão organizadas de tal modo que a leitura as incendeia. Levo minhas experiências às últimas conseqüências. Isso aconteceu no final de *Luta corporal*, onde destruo a linguagem. No final da experiência de vanguarda, quando chego ao *Poema enterrado*, e aconteceu também com *Poema sujo*; destruo a minha linguagem anterior. Ele é sujo na linguagem porque é nordestino, sujo de miséria, de imundície, que é a própria vida.

SUÊNIO: Fez isso em *Barulhos*?

GULLAR: Com uma consciência muito mais clara. No *Poema sujo* não havia essa consciência tão clara. Embora no momento em que escrevo poesia, tudo o que penso se apaga. Quando me debruço para fazer um poema, esqueço de tudo, por isso discordo do Vargas Llosa. O poema sobre o Vietnã, por exemplo, nada mais político do que ele... Todas as manhãs, como o mundo inteiro fazia, abria os jornais e via bombardeio e morte. Um certo dia, um avião americano soltou uma bomba e dizimou uma escola, matando todas as crianças, exceto um pequeno número, que tinha saído para o recreio. Quando saí de casa para trabalhar, vi aquelas senhoras com as bolsas cheias de verdura, marcando cinema... Eu pensei: "Se fosse no Vietnã, talvez até o cinema não existisse mais e ela também não chegasse a tempo". Esse contraste entre o mundo sobre o qual eu acabava de ler e o das pessoas ao meu redor me tocou. Passei então alguns meses pesquisando sobre aquele país e acho que consegui fazer o que tencionava naquele momento, algo que tem a ver com essa discussão: mostrar que é possível criar um poema político de alta qualidade literária.

SUÊNIO: Manteve contato com poetas como Carlos Drummond e Bandeira?

GULLAR: Pouco. Com Drummond, estive duas ou três vezes. O Bandeira encontrei mais, porque ele era colaborador do *Jornal do Brasil*, onde eu trabalhava, e era mais aberto, fácil no convívio. Ia entregar seu artigo e dizia: "Você é o poeta Ferreira Gullar. Gostei muito de *Luta corporal*. Você é um poeta feroz!" Encontramo-nos algumas vezes na redação e na rua. Ele gostava de falar em Sousândrade. Dizia: "seu conterrâneo agora está em voga, hein, poeta? Mas aquele 'Dias errantes' é um poema chato, chatérrimo". Realmente, é um poema romântico, com descrição de tempestades... Quem, aliás, apresentou Sousândrade aos paulistas fui eu, por intermédio do Oliveira Bastos. Dizer que ele era desconhecido é conversa fiada: Sousândrade era nome de praça em São Luís!

SUÊNIO: O que acha da poesia de Drummond e quais os seus poetas preferidos?

GULLAR: Ele é um dos maiores poetas da língua portuguesa. Leio muito Rilke, alguma coisa de Rimbaud, Baudelaire, Fernando Pessoa, Walt Whitman, Mallarmé, Valéry, Jorge Luis Borges (melhor poeta do que ficcionista), Artaud... Na verdade, são alguns poemas que me comovem. Quando li Rilke, na tradução do Bandeira, aquilo me comoveu. Quando era garoto, passava as tardes em São Luís deitado na minha rede. Tirava Drummond, Bandeira, ia pondo os livros do lado e passava a tarde inteira lendo e relendo. Ficaram dentro de mim, me marcaram. Agora raramente leio poesia, porque ela não é para ser lida a toda hora, a não ser na descoberta.

SUÊNIO: Gostaria que falasse um pouco da sua passagem pela Funarte.

GULLAR: Nunca pensei em ser presidente da Funarte. O José Aparecido de Oliveira, muito amigo meu, juntamente com o Antonio Houaiss, decidiram me convidar. Liguei para um amigo, li os estatutos e, quando assumi, chamei os diretores para saber o que faziam lá e o que pretendiam do órgão. Não nomeei parente, amigo ou conhecido e quando ia a Brasília, voltava no mesmo dia, almoçava no avião. Vinham me dar a diária e eu não aceitava, queria dar o exemplo de que dinheiro público é sagrado. Fizemos a revista *Piracema*; ampliamos o casarão Edson Carneiro; criamos o Prêmio Nacional de Arte e vários outros, a partir de comissões sérias; batalhei pelos funcionários, etc. O Ministério da Cultura inventou um prêmio e um deles foi para Dias Gomes. Ele ficou besta quando soube que eram 25 mil reais!

O ministro da Cultura, Francisco Weffort, aliás, falou que era preciso colocar um empresário para conseguir dinheiro. Nunca tive a pretensão de permanecer lá, de me tornar presidente perpétuo. Tenho até certa ojeriza às coisas oficiais, não quero entrar na Academia... O estranho é que Fernando Henrique declarou que não mexeria nos quadros de segundo e terceiro escalões a não ser quando se tratasse de pessoas corruptas e incompetentes. Fui à imprensa ao sair e falei para o presidente declarar em qual das duas categorias estava incluído. Declarei que o ministro não servia. O Weffort viveu seis anos na França e nunca visitou a casa de Rodin. Isso não é pecado mortal, mas para um ministro da cultura é. Qualquer turista faz isso... Ele conversou meia hora com o Cacá Diegues sem saber quem era.

SUÊNIO: Como é escrever para a TV?

GULLAR: Escrever uma novela como *Araponga*, com o Dias e o Lauro César Muniz é outra coisa. São pessoas inteligentes, talentosas. Era algo engraçado. Jamais escreveria algo sentimentalóide. Quando o Dias me chamou, falei que "novela só escrevo se for engraçada". *As noivas de Copacabana* e *O fim do mundo* foram um grande prazer também.

SUÊNIO: O senhor fez parte da equipe do *JB* que revolucionou a linguagem do jornalismo brasileiro, com a implantação do *lead*[8].

GULLAR: Reinaldo Jardim falou com a condessa, a dona do jornal, e pediu para reformar o *JB*, criando o "SDJB". Quando o suplemento deu certo, ele chamou o Mário Faustino, o Oliveira Bastos e eu. Com o movimento da poesia concreta, o suplemento ganhou prestígio cultural e a condessa começou a ser convidada para jantares, festas. Foi gostando da coisa e aí chamou o Amílcar de Castro para renovar o jornal. Ele me botou na chefia do copidesque e aí chamei o Jânio de Freitas e começamos a mexer, indo até contra o próprio Amílcar. Mas ele e o Jânio têm o principal mérito dessa reforma. O Amílcar pela diagramação e o Jânio, que *comprou* a reforma.

SUÊNIO: O jornalismo contribuiu para a sua literatura?

GULLAR: Foi onde aprendi a escrever com um máximo de economia. O jornal me ensinou a escrever e contribuiu para me manter em contato com a realidade viva, o país, o mundo.

---

[8] Técnica americana, implantada no Brasil em 1952 através do *Diário Carioca*, que consiste em iniciar um texto jornalístico de forma objetiva, respondendo a seis perguntas clássicas: o quê?, quem?, onde?, como?, por quê? e quando?

# Carlos Herculano Lopes

*Mineiro de Coluna, o jornalista e escritor Carlos Herculano de Oliveira Lopes nasceu em 23 de outubro de 1956. Escreveu, dentre outros, os livros* Memórias da sede, A dança dos cabelos, Sombras de julho, O último conhaque, O caso do vestido *e* Coração aos pulos. *Articulista do jornal* O Estado de Minas, *é casado com a médica Adrianne Leão Sette Oliveira.*

SUÊNIO: Gostaria que falasse um pouco da sua literatura.

HERCULANO: Comecei a escrever aos 15, 16 anos. Publiquei meu primeiro livro aos 23 anos, chama-se *O sol nas paredes*. Vendi esse livro nas ruas de São Paulo, Rio, Salvador. Em seguida publiquei *Memórias da sede* e ganhei meu primeiro prêmio literário. Lembro-me que os jurados foram Murilo Rubião, Ary Quintela e Lúcia Machado de Almeida. Com esse livro deixei de vender na rua. Aos 24, escrevi *A dança dos cabelos*. Só foi publicado três anos depois, quando ganhei o prêmio Guimarães Rosa. Foi editado com a ajuda de Rosemarie Muraro, que ficou apaixonada. Está na nona edição. Em seguida, veio *Sombras de julho*, que venceu a Bienal Nestlé de Literatura, em 1990, e já está na sexta edição. O mais recente, *O último conhaque*, foi adotado no Supletivo de Belo Horizonte.

SUÊNIO: Poderia dar uma definição de literatura?

HERCULANO: Escrevo desde os 14 anos. Tenho procurado refletir nos meus livros basicamente o mundo da minha infância, na cidade de Coluna, no Vale do Rio Doce. Mas, gosto de frisar, não faço literatura regionalista. Acho-a perigosa. Não que a condene, principalmente a feita pelos nordestinos, mas procuro fazer algo universal, usando minhas reminiscências. Sempre fiz algo centrado no interior de Minas, abordando temas universais, como a morte, a sensualidade, a solidão, a violência, a traição – temas recorrentes em qualquer lugar do mundo.

SUÊNIO: É daqueles que sofrem ao criar?

HERCULANO: É uma tragédia, um grande sacrifício. Encarar o processo de criação é algo muito sofrido. Confesso que tenho até uma certa preguiça. Gosto de escrever quando tenho o trabalho quase pronto, quando posso tirar uma frase, modificar a personagem, ver a ambientação. Quando domino o texto, tenho um prazer imenso.

SUÊNIO: Vê a literatura como dádiva, dom, missão?

HERCULANO: Não creio que seja predestinado, como também não creio na inspiração. Fui um menino que se deu mal nas ciências exatas, não conseguia aprender matemática, física, colava muito. Estudei no Colégio Arnaldo, fundado no início do século XX pelo padre Arnaldo Jansen. Quando me mudei para Belo Horizonte, em 1969, era onde estudava a elite agrária de Minas. Sou de uma família antiga. É nessa época, através da biblioteca do Arnaldo, que comecei a tomar gosto pela literatura. Lembro que li o livro do goiano Hugo de Carvalho, *Tropas e boiadas*. Disse para mim: "este é meu universo. Vou escrever também". Acho que iniciei na literatura para tentar ser bom em alguma coisa. Hoje, vejo-a como algo em que dediquei metade da minha vida. Os grandes amigos que tenho foram feitos por intermédio da literatura. Enfim, é uma coisa sofrida, mas não consigo ficar sem.

SUÊNIO: O escritor, o que é?

HERCULANO: Uma pessoa que tem humildade para observar, conversar com as pessoas, saber que cada ser humano é diferente, tem uma história. O porteiro, o vaqueiro, a cozinheira, o ascensorista, o médico... Cada um dá um romance. Vê o que as pessoas têm para passar. É preciso observar o mundo e, claro, ler, ler, escrever, escrever.

SUÊNIO: Não vê o artista, especialmente o escritor, como alguém incomum?

HERCULANO: Não, absolutamente. Sou totalmente comum. Trabalho demais, vou à minha cidade duas vezes por mês. Vivo em dois universos: o urbano, na redação do jornal, e o da Minas mais arcaica, atrasada, que é a do Vale do Rio Doce e do Jequitinhonha, onde os valores ainda são do século XIX. Convivo com essas duas Minas. Estou fazendo uma matéria em São Paulo, Rio, e depois vou à minha terra ver castrar um boi, curar uma bicheira.

SUÊNIO: Com qual realidade mais se afina?

HERCULANO: Sou uma mistura disso tudo. Sou do interior, mas acho que tenho duas cidadanias: a do Brasil interior e a do Brasil urbano. Identifico-me muito com os dois. Só acho que a cabeça do interior mineiro tem muito medo do novo, de olhar para frente.

SUÊNIO: No seu dia-a-dia, faz muito mais do que escrever. A batalha pela publicação, divulgação...

HERCULANO: Para o autor novo é muito difícil, como é em qualquer profissão. Publiquei meu primeiro livro por conta própria, vendi na rua, nos bares, viajei pelo país. Fui abrindo meu caminho, além de sempre participar de concursos. É fundamental para quem está começando entrar em concursos literários. A gente tem de cavar.

SUÊNIO: Isso não desvirtua o ofício do escritor?

HERCULANO: Você pode publicar o melhor livro do mundo, mas se não houver um retorno da mídia do seu estado, do Rio e de São Paulo, não adianta. O Brasil ainda é muito Rio e São Paulo. Se não houver um eco de lá, você não sai da sua província. Quando tinha 17 anos, editava um periódico literário chamado *Destaque*, um jornalzinho pequeno com ressonância local. Lembro-me que Jorge Amado enviou *Tieta do Agreste* autografado para divulgarmos. A partir disso, vi que tinha de ir atrás.

SUÊNIO: Não há falta de profissionalismo por parte do escritor também?

HERCULANO: A experiência de jornalista me dá uma visão nítida disso. Todos os dias dezenas de pessoas lançam discos, livros, quadros... Você tem de ir às redações. Quando publico algo, tenho a maior alegria em procurar as pessoas.

SUÊNIO: Vê com otimismo a literatura desta passagem de século?

HERCULANO: Ela está muito individualizada. Os escritores não se reúnem mais nem sequer para bater papo, tomar cerveja. Todo mundo está no seu canto. Por outro lado, muita gente está produzindo. Está se fazendo uma literatura de grande qualidade. Não tenho pessimismo, principalmente com o romance, o grande gênero literário brasileiro deste momento.

SUÊNIO: O curitibano Wilson Bueno fala sobre esse círculo fechado dos escritores brasileiros. Precisamos de mais leitores, não?

HERCULANO: Todo mundo reclama que livro é caro, mas o que existe é a falta de hábito da leitura. Um exemplo: há um *office-boy* que trabalha comigo. Ele se chama Erasmo, tem 15 anos e estuda num colégio da periferia. A professora pediu para ele ler *Iracema*, de José de Alencar, um livro fininho. Ele me pediu emprestado, mas eu não tenho. Ele falou que estava muito caro. Custava 7 reais! Chegou então o décimo terceiro salário e ele comprou um tênis de 120 reais. É lamentável a falta de cultura de leitura no país. O problema não é só o preço, é cultural. O brasileiro não adquire o hábito na infância. Se você não tem isso, dificilmente será um adulto que lê. Outro dia um primo falou para mim: "você acredita que nunca li um livro?" Falou como se isso fosse uma vantagem.

SUÊNIO: Fala-se muito que teríamos atingido uma certa saturação tanto de linguagem quanto de temas.

HERCULANO: Saturação da linguagem é uma coisa; de temas, outra. Algumas vezes o escritor corre o risco de limpar demais o seu texto, deixá-lo cristalino, transparente demais, tirando-lhe a veia, o sangue, a emoção. Tenho muito cuidado. Quanto à exaustão de temas, não concordo.

SUÊNIO: Você passa a impressão de fazer um trabalho exaustivo de linguagem.

HERCULANO: Sim, escrevo, reescrevo, mas tenho o cuidado de não tirar a emoção, a alma do texto. *A dança dos cabelos* foi o livro mais difícil que escrevi, como se fosse uma mulher. Na época, era muito mais espontâneo. É o livro pelo qual tenho recebido os maiores carinhos literários. Então, pergunto o que é literatura fácil ou difícil? O escritor tem de escrever para quem? Acho que primeiramente para ele mesmo; é meio egoísta isso, mas... Não escrevo por encomenda porque acho que o escritor tem de escrever dialogando consigo mesmo. Essa preocupação de escrever para todo mundo entender é uma bobagem.

SUÊNIO: Isso é contraditório. Há escritores, como Clarice Lispector, que são considerados difíceis, mas são bastante lidos.

HERCULANO: Concordo. Mas ela não tirava a alma do texto. A vida palpita nos seus livros. De Nélida Piñon li *A república dos sonhos*. Era considerada uma autora desse nível, mas também é lida. Meu medo é de o autor se preocupar tanto com o texto, que acabe tirando tudo e não sobre nada.

SUÊNIO: Que autores considera difíceis?

HERCULANO: Já compararam meus livros com os de Faulkner, o que me honra demais. Acho-o difícil. Não gosto muito de ler a língua portuguesa de Portugal. Não os autores, mas a língua.

SUÊNIO: Essa questão de difícil e fácil eu vejo mais como algo de mercado. Por exemplo, se as editoras quiserem tornar autores como Borges, Gide e Tolstoi *best-sellers*, seria possível?

HERCULANO: Mas eles são *best-sellers*!

SUÊNIO: E Harold Robbins, Sidney Sheldon?

HERCULANO: Também! Todo mundo malha Paulo Coelho. Evidentemente não é um autor de referência, mas alguém que vendeu milhares de livros: alguma coisa ele tem. Pode não ser o que eu gosto, e não é, mas ele mexe com uma grande parcela de leitores. Na minha infância, adorava José Mauro de Vasconcelos. Li *O doidão*, *Banana brava*, mas não leio mais. Sofistiquei a minha leitura. Era uma porta de entrada. Paulo Coelho pode ser uma porta para os leitores perceberem que existem coisas melhores. Só o fato de ler já é algo interessante.

SUÊNIO: Até que enfim alguém fala bem de Paulo Coelho, mas acho que é otimismo seu. Os autores que citei não se encaixam no tipo de *best-sellers* comerciais, apesar de venderem razoavelmente.

HERCULANO: Claro. Tolstoi, Gide, Borges, Faulkner e Guimarães Rosa serão lidos sempre, agora, Paulo Coelho não. Essa é a grande encruzilhada da literatura. Precisamos criar sem modéstia para sermos lidos daqui a 50 anos.

SUÊNIO: Retiro o que disse sobre Paulo Coelho. [*risos*] A fórmula seria falar do seu momento?

HERCULANO: Sim. Falo do meu mundo, do meu momento. Um livro escrito hoje deve ser entendido também no futuro. Por que Tolstoi é lido até hoje? Murilo Rubião falava algo interessante sobre isso. Ele tinha muita preocupação com a permanência de Guimarães Rosa na literatura brasileira. Eu achava isso de Murilo uma loucura. Encontrava-me muito com ele, era um grande amigo. Há pouco tempo foi indicado um livro de Rosa aqui no vestibular de Minas. Minha irmã, do interior, de Coluna, disse que não estava entendendo a linguagem. Há pouco tempo li Simões Lopes Neto, regionalista fantástico, e não entendi.

SUÊNIO: Retomando a discussão autor fácil/difícil. Guimarães Rosa é considerado por alguns como difícil, mas isso não quer dizer que não seja razoavelmente lido, é isso?

HERCULANO: Ele não é razoavelmente lido. É muito lido!

SUÊNIO: Não concordo. Ele é lido por pessoas que têm um certo domínio. Não se pode comparar Guimarães Rosa com um...

HERCULANO: Paulo Coelho, Harold Robbins... Evidentemente que não, mas ele tem o seu fã-clube.

SUÊNIO: Há autores como Milan Kundera, Gore Vidal e Umberto Eco, para ficar em três exemplos contemporâneos, que têm uma certa lapidação lingüística, mas são *best-sellers*. No Brasil, posso citar o exemplo de Rubem Fonseca. O que define a venda de um autor, então?

HERCULANO: Essencialmente a mídia, além do talento. Posso citar o caso do Francisco Dantas, de Sergipe. Já ouvi dizer que é maravilhoso. Nunca li e ninguém leu por causa da mídia. Ele está em Aracaju, esse é o problema. Rubem Fonseca, além de ser um autor magistral, mora no Rio, há um retorno da mídia.

SUÊNIO: Mas falo de outra coisa. Ele consegue aliar uma linguagem sofisticada com algo coloquial, e vende muito.

HERCULANO: Exatamente. O Rubem Fonseca pode ser lido por uma pessoa de formação cultural mediana.

SUÊNIO: O que não é o caso do Guimarães Rosa.

HERCULANO: Sim. A preocupação do escritor em escrever um livro pensando que possa ser lido é uma preocupação que temos de ter.

SUÊNIO: Desculpe a insistência, mas essa preocupação em ser fácil não se contradiz com o que você falou antes, em escrever para determinado tipo de leitor?

HERCULANO: Mas não estou preocupado em ser um autor fácil! Absolutamente. Sou fácil na linguagem. Falaria de 50 termos da minha terra e você não entenderia nenhum, como você falaria dezenas de palavras e gírias da Paraíba e eu não entenderia. Se você escrever um livro usando o subdialeto de João Pessoa, sua cidade, e eu o de Coluna, minha terra, ninguém entenderia. Isto não quer dizer que eu esteja buscando uma linguagem fácil.

SUÊNIO: Parece desconsiderar a obra de Guimarães Rosa, autor que tem justamente na linguagem sua maior atração.

HERCULANO: Não, não posso fazer isso. Só achava que o Murilo Rubião era doido quando se preocupava com a literatura dele. Também me assustei quando a minha irmã, que é do sertão de Minas, leu o livro e ficava me perguntando: "O que é isso? O que é isso?"

SUÊNIO: Ele tinha uma literatura muito própria, e talvez esse seja o grande "achado" para um escritor.

HERCULANO: Todo mundo fala que Guimarães Rosa criou uma linguagem, uma língua. Ele não criou nada. Vivi uma época na Galícia, Espanha, e todos os elementos de *Grande sertão: veredas* estão lá. Em Coluna, os velhos falam expressões bem típicas vindas de lá. Eles ainda falam adonde, antonces... Guimarães Rosa se apropriou daquelas expressões, não inventou palavras. Já cansei de ouvir críticos falarem que ele inventou a palavra nonada, no início de *Grande sertão: veredas*. Estão errados. Está em *Dom Quixote*, de Cervantes. Ele recriou a linguagem com uma genialidade fabulosa.

SUÊNIO: Então diferencia autores que são mais fáceis de ler e outros nem tanto?

HERCULANO: Evidentemente. *O nome da rosa* é um livro sofisticadíssimo, mas se entende facilmente. Veja o caso do seu conterrâneo, José Américo de Almeida. Ele fez uma literatura regionalista e todo mundo entende. *A bagaceira* é um orgulho para a nossa literatura, apesar de ser uma história dos confins paraibanos. Isso ocorre também com José Lins do Rego. *Menino de engenho* é legível.

SUÊNIO: Em *A dança dos cabelos* você aborda o tema do homossexualismo, ambientando o romance num tempo bastante anterior. Foi difícil?

HERCULANO: Não. Tinha 23 anos. Escrevi como se eu fosse uma mulher, coloquei emoções de mulheres com quem vivi, transei. Foi escrito com grande espontaneidade.

SUÊNIO: Separa a literatura da sua vida?

HERCULANO: Sim. Literatura é fantasia, imaginação. É onde você viaja, faz o que quer. A vida, não. Ela é o chão, o dia-a-dia.

SUÊNIO: Seu romance *Sombras de julho* foi premiado na V Bienal Nestlé de Literatura. Que importância teve para você?

HERCULANO: Para o autor que está começando é algo importantíssimo. Cresce sua auto-estima, seu ego, vaidade. A mídia, querendo ou não, lhe dá espaço e começa a abrir uma brecha nas editoras para ser publicado. *A dança dos cabelos*, por exemplo, só consegui publicar cinco anos depois de escrito, com a ajuda de Rosemarie

Muraro, que adorou o livro e o publicou pela Espaço e Tempo. Se você ganha um prêmio em Divinópolis, Uruguaiana, é maravilhoso, mesmo que ninguém saiba, mas é importante para você.

SUÊNIO: Seu último livro foi publicado pela Record.

HERCULANO: Há poucos dias um primo veio de João Pessoa e me falou que viu meu livro numa livraria lá. Estou muito alegre na Record, sou um pingo d'água naquele oceano, mas o livro já está na segunda edição em um ano.

SUÊNIO: Em Minas tivemos uma geração de escritores formada por Mário de Andrade, Fernando Sabino, Drummond, Otto Lara Resende, etc. Em seguida vieram Autran Dourado, Adélia Prado, Roberto Drummond e Luis Vilela. Qual a sua geração?

HERCULANO: Antonio Barreto, Thaís Guimarães, Francisco Moraes Mendes, etc. Não me encaixo nessa coisa de geração. No início, quando vendia livro na rua, até que havia. Hoje a literatura é feita por gerações de idades e não mais por grupos literários.

SUÊNIO: Acho que essa apatia é cultural.

HERCULANO: É de época, de momento. O mundo hoje é pequeno, as notícias são velozes. A coisa ficou rápida demais, acabou-se o romantismo. Estive em São Paulo com o Fernando Sabino e o Roberto Drummond numa palestra. Sabino lembra-se daquele tempo com saudades. Não há mais grupos literários. Há escritores amigos. É diferente.

SUÊNIO: Essa tradição literária mineira pesa?

HERCULANO: Há pouco tempo a Globo fez um programa sobre Minas Gerais e me entrevistou. Falei que Minas é um lugar tão bom que se a gente não tomar cuidado, não sai daqui nunca. Obviamente não foi ao ar. Você tem que tomar cuidado se não fica preso demais à família, ao passado, às montanhas de Minas. Essa é a Minas retrógrada, antiga, conservadora. Se você não fica atento, acaba caindo nessa Minas familiar ao extremo.

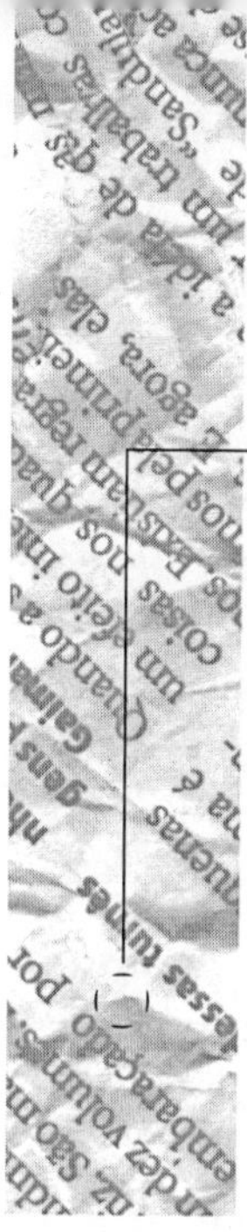

# ÁLLEX LEILLA

Nascida em 21 de novembro de 1971, a escritora e professora Alessandra Leila de Borges Gomes, baiana de Bom Jesus da Lapa, vive em Salvador. Mestra em Letras pela UFBA, estreou aos 26 anos com o livro *Urbanos*, vencedor do prêmio Copene, editado pela Fundação Casa de Jorge Amado. Em seguida, publicou *Obscuros*, livro de contos em que a crueza da linguagem é embalada pelos ícones do *rock*, em histórias vividas por jovens solitários, românticos e melancólicos. Recentemente, lançou o romance *Henrique*.

SUÊNIO: O nosso nome compõe nossa identidade. Mas eis que de repente você muda o seu (antes, Alessandra Leila), eventualmente provocando mal-entendidos.

LEILLA: Não concordo que o nome crie, necessariamente, uma identidade. Afinal, existem pessoas que não se identificam ou não se sentem à vontade com o próprio nome. Uma vez que é algo imposto, por vir de outra pessoa (pai, mãe), não implica uma identificação direta com você, mas com o hábito, ou seja, você se acostuma ou não com essa prática. Mudei o meu por questões pessoais. Isso não tem nada a ver com a escolha que meus pais fizeram, por sinal eles nem ligaram para a mudança.

SUÊNIO: O seu primeiro livro foi resultado de um prêmio, e o segundo integrou uma série de *pocket-books*, da editora Oiti. São frutos de projetos coletivos. Quais as suas expectativas, portanto, para o livro que você acaba de lançar sozinha, *Henrique*?

LEILLA: As expectativas são sempre as melhores... Ou pelo menos tento fazer com que sejam, porque do contrário a gente estaciona, não faz nada ou, então, projeta o pior. Mas procuro, também, no meio do otimismo ter uma visão equilibrada, não esperar muito para não dar com os burros n'água. Costumo dizer que tive de fazer treinamento para estar sozinha num lançamento, porque da primeira vez, com *Urbanos*, estive com mais dois ganhadores do prêmio no lançamento; com *Obscuros*, éramos cinco autores... Brincadeiras à parte, *Henrique* é o meu livro, digamos, mais caro, porque foi difícil escrevê-lo, encerrá-lo e até entregá-lo para publicação. Difícil separá-lo de mim. Sei que é um clichê desgastado, cansativo, mas me arrisco a repeti-lo, é meu filhinho preferido, a melhor parte de mim.

SUÊNIO: Sei que você tem alguns livros prontos, no entanto, o autor iniciante se depara com a difícil política editorial, boa parte concentrada no eixo Rio-São Paulo. É devido a isso que você já afirmou: "Só não sei quando poderei sobreviver como escritora".

LEILLA: Tenho cinco livros engavetados. Um deles acaba de sair, o meu primeiro romance. Sim, essa minha afirmação deve-se um pouco à difícil política editorial que você menciona, mas também porque é quase impossível pensar em termos de sobrevivência com a escrita literária no Brasil. Pode-se sobreviver indiretamente de literatura, escrever para jornais, trabalhar em órgãos ligados à política cultural, ser professora de literatura, como faço, mas viver de direitos autorais no Brasil é raro, complicado e longínquo. Além disso, esse eixo parece que não acaba nunca. Mudam os tempos e as restrições continuam.

SUÊNIO: Crê que as dificuldades aumentam pelo fato de você residir em Salvador?

LEILLA: Eu vou me embora daqui já-já, não se avexe não. [*risos*] É, aqui as dificuldades se agravam. Salvador é tão árida em termos de publicação e circulação...

Escrever é onde existo de fato nas linhas do que escrevo; já publicar e divulgar são coisas bastante difíceis. Quando finalmente se consegue, você lança um livro que roda, roda e não sai daqui. Além do mais, existem as panelinhas, ligações para fulano, etc.

Tenho até sorte porque nunca fiz isso, a não ser mandar alguns livros e material de divulgação para os jornais. Se tivesse que fazer estaria perdida, pois não sei bajular, às vezes sou terrivelmente grossa, ou completamente alheia às pessoas ao meu redor, ignoro-as. O que acho grave aqui é a cena editorial ser restritiva: são sempre as mesmas pessoas nos lançamentos, aquelas que comentam os livros, etc. Mas, independentemente de publicar ou divulgar, eu escreverei sempre, porque não sei estar no mundo de outro jeito.

SUÊNIO: Por sinal, como Salvador aparece em seu texto?

LEILLA: Naturalmente, à medida que suas cores, fragmentos, rostos, viadutos, pedaços de céu e mar, óleo e chuva no asfalto, ruídos, rarefações, vôos de pássaros, atropelos, provincianismos, peso e leveza e tudo mais que compõe essa urbanidade caótica se infiltra e produz as subjetividades a que minha escrita dá voz. Não fico parada na janela catando coisas de Salvador para escrever, nem varo a cidade atrás de casos pitorescos para registrar. Vivo esta cidade e ela vive em mim, então o resultado desse embate aparece, às vezes, na minha escrita. Quando escrevo, o lugar onde o personagem vive e a sua cara já vêm imediatamente, e eu os aceito. Mexo nas outras coisas, estruturas de frases, nomes, etc. Todos dizem que minha literatura é extremamente urbana, mas essa urbanidade não se restringe a Salvador porque tenho contos passados em São Paulo, Belo Horizonte, Curitiba, Porto Alegre, Aracaju, Maceió, Ilhéus, Vitória da Conquista e até Bom Jesus da Lapa... O meu romance *Henrique* se passa no Rio de Janeiro.

Tem uma cidade fictícia que criei chamada Nossa Senhora das Entranhas. Um de meus livros de contos se passa nela e por isso leva este nome (na verdade pode vir a ser um romance ou novela, ainda é inédito)... Roubei este título de Jean Genet, que tem uma personagem apaixonante chamada Nossa Senhora das Flores. A idéia é velha na literatura – Juan Carlos Onetti tinha a sua Santa Maria; García Márquez, Macondo; Caio Fernando Abreu morreu antes de acabar um romance com uma cidade chamada o Passo da

Guanxuma. Enfim, sou apaixonada pela idéia de juntar as partes que mais gosto em cada cidade e formar "a cidade". Um dos meus filmes preferidos, *Além das nuvens*, de Antonioni e Wim Wenders, tem cada trecho de cidade inesquecível. Comprei o filme e fico revendo, roubando trechos para descrever em alguns contos.

SUÊNIO: Quais os seus sonhos em relação à literatura?

LEILLA: Meus sonhos?! Ah, não tenho muitos em relação à literatura. Quero apenas escrever bem, o que, aliás, já é complicado. Você não quer que eu diga que penso no Nobel, né? Impossível. [*risos*] Tenho Lua em Capricórnio, preciso de realidades concretas. Meu sonho é escrever algo tão perfeito e abrangente quanto, por exemplo, o conto "Os dragões não conhecem o Paraíso", de Caio Fernando Abreu. Se fosse roqueira, poderia ter mais sonhos, como tocar a pele de Morrissey; beijar Michael Stipe e Patti Smith; dormir com Bono Vox... Escrevo ouvindo-os, literalmente. Aliás, ao escrever sempre ouço as mesmas canções, raramente insiro outras.

Mas, enfim, a literatura não me dá margem a tantos sonhos. Queria escrever algo que fosse filmado. Esse é o sonho mais alto que tenho em relação à escrita.

SUÊNIO: Állex Leilla e o *rock'n'roll* são inseparáveis, eu sei. Ao contrário do *rock*, acho que os grupos que fazem a vida literária são, em geral, conservadores, ou melhor, bem-comportados.

LEILLA: O *rock* pra mim é fundamental, não existo sem minha dose diária, dependência química mesmo. *Well,* é uma música que sabe lidar bem com a adrenalina, a energia, o movimento, os impulsos, ensina que você pode fazer as coisas em vez de ficar sentado esperando que alguém as faça por você. Também tem a vantagem de poder se misturar a tudo, absorver outros ritmos, outras linguagens, quebrar limites fixos, etc. Quanto aos grupos literários, depende de quais e de onde, mas, em geral, concordo, cheiram a mofo e à "regrice" estúpida. No entanto, escritores como Jack Kerouac, Ginsberg, Ferlinghetti e Patti Smith não são bem-comportados.

SUÊNIO: A visão literária e de mundo dos autores assumidamente *gays* é próxima da sua? Você se acha corajosa ao tocar no tema, em boa parte dos seus textos?

LEILLA: Não trato do homossexualismo para ser corajosa, isso não passa pela minha cabeça. Meus textos, heteros ou *gays*, nascem com certas direções previamente definidas. Nunca digo: esse vai ser *gay* e esse não. O que ocorre também é que, de alguma maneira, meus personagens são invariavelmente quatro, eles têm cara e raiz na minha vida, são meu mundo fora de eixo. Ou seja, são homens que amo e persigo. De repente, me pego com a voz ou o ritmo de um deles e aí nasce uma imagem, uma passagem. Desses quatro homens, apenas um não é *gay*. Sintomático, não? Mas não vou dizer quem são! O fato de gostar da idéia de escrever fora do padrão, dessas histórias de amor universalmente clássicas, permitidas e repetidas (homem-mulher), ajuda também para a aparente fixação com o tema *gay*. Mas isso não é tão consciente assim. Se procurarmos motivos para a maior parte das minhas histórias serem de amores *gays*, vamos achar aqui e ali as razões, ligando os fios, etc. Por exemplo, sempre li autores *gays* e me emocionei mais com eles. Ressinto-me quando eles não dizem as coisas explicitamente. Ficava gritando para Thomas Mann, Marcel Proust, Oscar Wilde, André Gide e outros: "Falem, explicitem, nomeiem!"

Todas as grandes obras são de amores heterossexuais e isso sempre me deixou profundamente entediada. Acho interessante indagar também por que Machado de Assis, Shakespeare e tantos outros só escreveram sobre amores heteros. Porque eram heteros? Então são restritivos. Quando descobri Jean Genet e Caio Fernando, já viu, né? Foi a glória! Apesar de que Genet não é bem o meu universo, mas ele é cortante, chega a ser cruel.

De maneira geral, os escritores *gays* têm mais a ver com a minha visão de mundo porque, pessoalmente, não acredito em desejo sexual estanque, mas sim em domesticações do desejo. Essa influência acaba ocorrendo na música (como já citei) e também no cinema, com exceções, claro. Afinal, não sou maníaca pelo mundo *gay* e não é apenas por ser *gay* que um escritor me interessa.

SUÊNIO: Seus textos têm essa "força" devido à sem-cerimônia com que você aborda esse tema. Há sutileza e poesia, mas talvez o que se destaque seja a crueza das situações, o desmascaramento das relações (não só *gays*), algo vital em suas histórias.

LEILLA: Obrigada pelo desmascaramento. Para quem odeia máscaras como eu, é um bom elogio. Para mim, as coisas têm de ser ditas. Lembro de Morrissey numa entrevista na qual ele falava do início dos Smiths. Ele criticava um certo velamento que as letras de *rock* traziam na Inglaterra daquele período. Dizia que sentiu necessidade de sair na rua e confrontar as pessoas, apontar questões, incomodá-las diretamente. "Com palavras, claro", disse elegantemente. Da mesma forma, não vejo por que devo omitir que meus personagens transam, sentem desejo um pelo outro, se penetram, usam vaselina ou saliva na hora do amor. Se pode ser assim ou se normalmente é assim entre dois homens, por que esconder? Só é permitido relatar o que os heteros fazem? Vejo tudo isso com naturalidade e acho anormal não dizer estas coisas.

SUÊNIO: Ao escrever sua dissertação de mestrado sobre Caio Fernando Abreu você mapeou uma certa crítica sobre os escritos *gays*. No caso do Brasil, como ela se dá?

LEILLA: Geralmente, mistura-se com a militância e as questões de identidade. Entendo que, às vezes, ela precise se misturar porque há lutas seríssimas que ainda engatinham no Brasil. O problema é que às vezes tudo recai em identidade e disso não se sai, o que é perigoso. Pois criar um lugar fixo para uma identidade que foi marginalizada pode repetir, com outras máscaras, o mesmo processo de opressão: outra construção fixa de identidade na qual o sujeito tem de se encaixar ou ser encaixado à força. Interessei-me por elas com algumas restrições. Primeiro porque não posso fazer minha uma bandeira alheia; segundo, porque Caio se opõe a muitos desses direcionamentos. Por exemplo, a questão da promiscuidade, um clichê fantasma que perpassa boa parte da crítica sobre o homoerotismo masculino, não tem destaque nos textos dele. Ao contrário, seus personagens são solitários, românticos extremados à espera do grande amor.

SUÊNIO: Você falou no cinema. No filme *Livro de cabeceira,* de Peter Greenaway, o corpo é utilizado como linguagem: uma mulher tem textos escritos nos seus braços, pernas e coxas com muita sensualidade – imagens que servem de metáfora para os seus textos. Uma literatura escrita na carne. [*risos*]

LEILLA: Na carne, via carne, de uma carne para outra. Corpo-escritura, escritura-corpo. Os melhores textos trazem algum tipo de reflexo/extensão do corpo: excitamento, gozo, raiva, dor, nojo, etc. Esse filme que você cita é belíssimo! Ao vê-lo, fiquei boquiaberta com a beleza de algumas cenas. Lembro da reação de alguns homens (até bem jovens) que saíram desnorteados e irritados da sala antes de o filme acabar.

Amo os filmes de Kieslowski, que trabalha mais sutilmente essa relação, o corpo e as cores; Wim Wenders, que prefere a linguagem do ar, dos deslocamentos dos corpos; Fassbinder, que é o retesamento dos corpos. Cinema me excita muito, adoro ir sozinha. "A tartaruga vai escondida ao cinema." Acho que isso é de Bruna Lombardi. [*risos*] André Tarkowiski, Milcho Manchesvki, Nikkita Milkakov, Tood Hynes, Hall Hartley, Jim Jarmuch, e o grego Teo Angelopoulos são meus diretores mais queridos.

SUÊNIO: Clarice Lispector, Nélida Piñon, Lygia Fagundes Telles, Rachel de Queiroz... Estamos meio aprisionados nessas autoras quando mencionamos mulheres que escrevem no Brasil.

LEILLA: Já li as quatro. Gosto imensamente de Clarice Lispector e de Lygia Fagundes Telles. Algumas pessoas vêem insistentes relações entre mim e Clarice. Não tenho nada contra, afinal já li todos os livros dela e sou apaixonada por Caio Fernando Abreu que, dizem, é filho dela. Mas desconfio que se tornou uma estranha e, às vezes, idiota praxe comparar toda e qualquer autora brasileira com Clarice. Ela deve se revirar no túmulo. Concordo que é aprisionador e, no caso de Clarice, às vezes é lugar-comum mesmo, o que é uma pena, pois ela não é nem um pouco lugar-comum. Mas essas escritoras são importantes e fico feliz que exista uma tradição de escritoras no Brasil, porque aqui, ao contrário da Inglaterra, por exemplo, a literatura sempre foi dominada pelos homens.

SUÊNIO: Além delas cito, aleatoriamente, Sônia Coutinho, Ana Miranda e uma novata, Stella Florence, autora de *Por que os homens não cortam as unhas dos pés* e *Hoje acordei gorda*. Mas, no seu caso, não posso esquecer a carioca Ana Cristina César, que deixou poucos livros e se suicidou jovem.

LEILLA: Ana Cristina César é minha mãe literária, minha preferida. Não sei se isso se reflete em minha escrita, mas leio e releio Ana e me sinto muito próxima do seu universo textual. Gosto muito de Hilda Hilst também porque ela é ímpar.

Conheço a literatura de Stella Florence. Ela é ótima, irônica, leve, quebra algumas fronteiras de gêneros. A primeira vez que a li foi na internet, ainda não tinha lançado os seus livros. Estava pesquisando sobre Caio Fernando Abreu e apareceu um atalho para a página dela na pesquisa porque ele é uma referência para ela. Foi um ótimo atalho, li os seus contos e crônicas e adorei, depois li o livro todo. De Ana Miranda só li o mais conhecido, *Boca do inferno*.

Conheço e gosto muito dos contos de Sônia Coutinho. Há um episódio que me envolveu a ela. Foi um concurso do qual participei, em Minas Gerais, pela UFMG e o Governo de Minas, no qual a Sônia era jurada. Depois dos resultados terem saído, ela me ligou dizendo que havia votado no meu livro, ela e a professora Ana Cecília Carvalho. Mas o outro jurado, o escritor mineiro Luis Vilela, impediu que o livro fosse eleito, porque tinha cenas de homossexualismo explícito, plagiava Jack Kerouac, segundo ele. Elas pediram então para abrir o envelope para saber quem era o autor daquele livro de que haviam gostado, uma vez que pensavam ser o autor um homem. Bem, quando ela soube que se tratava de uma jovem baiana, resolveu me ligar. Ana também me escreveu confirmando a história. O livro rejeitado foi *Obscuros*, felizmente já publicado.

SUÊNIO: Já superamos a figura da mulher amordaçada? Vejo hoje sistemas de repressão e misoginia. Na literatura, ainda existem clubes do Bolinha?

LEILLA: *Well*, todo homem é misógino! Basta nascer com aquilo no meio das pernas que o raciocínio se rarefaz. [*risos*] É difícil responder se já superamos. Há muita violência e cerceamento contra as mulheres, basta pegar a página policial ou freqüentar os consultórios de psicanálise para ver que isso ainda atinge mulheres de todas as classes sociais e muitas não falam, estão amordaçadas ou sem palavras mesmo. Não se pode negar, entretanto, que muita coisa mudou e, no caso da literatura, devo dizer que não vivo as dificuldades que uma Lygia Fagundes enfrentou para escrever numa época em que a sua mãe dizia: "Minha filha, você já escolheu Direito, e agora quer ser escritora..."

Meus pais não. Eles fizeram um painel com tudo que saiu na mídia sobre minha escrita e afixaram numa parede quase inteira da farmácia... [*risos*]. Eles têm uma farmácia no interior da Bahia.

SUÊNIO: Essa exasperação e revolta que percebo em seus personagens tem muito de insatisfação diante da rotina. É possível transformar o tédio em melodia, conforme a letra de Cazuza?

LEILLA: Sim e ele mais do que ninguém fazia isso... Nossa, Cazuza me faz uma tremenda falta! Meus personagens são mesmo muito indomados. Procuro transformar o tédio em criação, escapar da domesticação da rotina, mas não sei se consigo. Apesar de não escrever necessariamente com tédio, acredito que essa revolta que você aponta nos meus personagens deve ser reflexo da minha própria revolta e exasperação diante da vida.

SUÊNIO: Os contos "Maria Madalena", "Cara de fumaça" e "Por que quem não é contra nós é por nós" falam de despedida, de abandono.

LEILLA: "Maria Madalena" é um conto que trata de um retorno, tentativa da personagem de resgatar um mundo já perdido: a cidade onde nasceu e onde seus pais adoeceram e morreram, a imagem de si mesma que os outros tinham (o primo achava que ela era homossexual e ela não era). "Por que quem não é contra nós é por nós" trata de um impasse: um quer ir embora e o outro quer retê-lo. O poeta Ruy Espinheira disse que era o único conto meu com final feliz, porque um convence o outro a ficar, a dar outra chance. É um dos meus textos preferidos... Foi inspirado numa entrevista de Renato Russo, na qual ele falava de seu amor com Scott, um rapaz de São Francisco. "Cara de fumaça" trata de perda, morte e abandono.

É um tema que me atravessa, volta e meia lá está ele. Um amigo meu disse que é porque sou Escorpião com ascendente em Escorpião, e a morte é a grande questão dos escorpianos. A morte e a paixão.

# Ignácio de Loyola Brandão

Jornalista e escritor, Ignácio de Loyola Brandão nasceu em Araraquara, São Paulo, em 1936. É autor de vários projetos jornalísticos, além dos livros *Depois do sol*, *Bebel que a cidade comeu*, *Não verás país nenhum*, *O anjo do adeus* e *Veia bailarina*. Editor-chefe da revista *Vogue*, é divorciado.

SUÊNIO: Sua estréia se dá com *Depois do sol*. O que o motiva a escrever?

LOYOLA: Primeiro é algo que me diverte muito, segundo porque a escrita é um mundo onde me refugio. Desde criança, sou muito solitário, introspectivo, esquisito. Ficava escrevendo nos meus cadernos e aquilo me dava muito prazer. Iluminava a minha solidão, me dava alegria, era uma coisa só minha. Daí veio o vício e a compulsão. Eu diria ainda que o que me motiva é a necessidade de mostrar a época em que vivo. Sou jornalista e muita coisa que eu vi, que era interessante – personagens, figuras, situações –, não entrava no jornal porque não servia. O caminho que tive para mostrar foi a literatura.

SUÊNIO: Como começou no jornalismo?

LOYOLA: Aos 16 anos, em agosto de 1952, comecei em um jornal da minha cidade. Fui o primeiro cronista social. Fiz reportagens, crítica de cinema e outras coisas que me possibilitaram, sendo eu muito pobre, entrar no clube, ser convidado para as festas... Quando vim para São Paulo fui fazer reportagem na escola de jornalismo que era a *Última Hora*. Trabalhei com o Samuel [*Wainer*]. A *UH* era na época o que hoje seria a *Folha*, o que foi o *JB*, ou seja, era um jornal moderno, ligado a causas populares. Tinha de ser repórter geral, mas também cobria polícia, política, matérias sobre bairros, etc.

SUÊNIO: Na *Última Hora* foi copidesque do Jô Soares.

LOYOLA: Um pouco mais para frente, quando editava o caderno de variedades e ele tinha uma coluna. Mas ele sempre escreveu muito bem. A gente brinca com isso. De vez em quando vou ao programa dele e ele lembra.

SUÊNIO: O jornal era essencialmente getulista, não?

LOYOLA: Exato. Ele surgiu de uma conversa de Samuel com Vargas, que logo forneceu os meios para a publicação.

SUÊNIO: Essa experiência como jornalista o ajudou a escrever um romance como *Zero*, espécie de jornalismo romanceado?

LOYOLA: Ajudou a escrever *Zero*, *Depois do sol*, *Bebel*... tudo. *Depois do sol* surgiu nas noites românticas e boêmias, entre seis e seis – daí o título. *Bebel* nasceu de uma reportagem que fiz sobre uma bailarina que se suicidou. No *Zero*, claro, mais do que nunca utilizo o jornalismo, que foi fundamental. O livro foi proibido e liberado alguns anos depois.

SUÊNIO: Fale mais sobre este casamento entre literatura e jornalismo.

LOYOLA: Não me preocupo muito com definição, catalogação. Procuro sempre fazê-lo da melhor forma possível. A questão é que o jornalismo é uma camisa-de-força, tudo o que você coloca no papel deve ter justificativa. Na literatura, é exatamente o oposto.

SUÊNIO: Cony fala sobre isso, e também que os jornais brasileiros parecem todos iguais e que os jornalistas se transformaram em "filhos da pauta".

LOYOLA: Cada vez se escreve de forma mais curta e rápida. As grandes reportagens deixaram de existir e os jornais estão num impasse. A questão é antiga: como atrair a atenção do leitor para notícias que ele já sabe? Creio que uma das saídas é mostrar os bastidores, mas para isso você não deveria ter essa turma que sai da faculdade. Como ele diz, tenho a sensação de que os jornais são escritos pela mesma pessoa. A gente vive de um jornalismo de *release*, que parece incapaz de fazer pensar. O que é a revista *Veja*, por exemplo? É o resumo das notícias da semana passada, nada mais. Parece um *clipping* entregue ao presidente da República com uma certa ironia, maldade. Não sei qual a saída para o jornalismo, só torço pela minha saída.

SUÊNIO: Dois cronistas: Tutty Vásquez e Clóvis Rossi.

LOYOLA: O Vásquez é um cronista engraçadinho, faz aquelas notas na *Veja*... Admiro muito o Cony, ele consegue manter um bom nível todos os dias. Tenho lido muito pouco o Rossi. Ele é um desses raros jornalistas que, se quiser, vai fundo na matéria porque tem a bagagem suficiente. Também me espanta o seu ânimo.

SUÊNIO: Depois de *O ganhador*, ficou um bom tempo sem publicar. Nesse período, envolveu-se em projetos de comunicação empresarial.

LOYOLA: Fiquei parado durante sete anos. Quis repensar um pouco a literatura. Foi uma época em que viajei muito pelo Brasil, recebia um convite atrás do outro. Era também a minha chance de viajar, conhecer o país. Um dia convidaram-me para escrever a história do Teatro Municipal. Sempre me empolguei muito com o teatro, desde que cheguei de Araraquara. Foi um livro muito gostoso de fazer. Senti que de alguma forma estava escrevendo a história desta cidade. Quem lê minhas crônicas percebe isso. Depois veio a proposta de escrever sobre o fundador do Bamerindus, feita por sua filha, Maria Cristina Andrade Vieira. Ele quase virou um personagem de ficção, dada a riqueza de sua vida. Apareceram vários projetos, mas os que fiz foram movidos por alguma fascinação, como no caso da vidraria Santa Marina. Sempre tive paixão pelo vidro. Adoro, repito, esse conhecimento da memória de São Paulo. Todos os projetos me revelaram seres humanos simples que acreditavam nos seus ideais. Sempre gostei de biografias e cartas. Através delas você descobre que no fundo as grandes pessoas têm tantos defeitos quanto você.

SUÊNIO: Mas não chega a escrever cartas tanto quanto um Mário de Andrade?

LOYOLA: Não. Nem um pouco.

SUÊNIO: Você também já escreveu diversos perfis.

LOYOLA: Gosto muito. Na *Vogue*, tenho feito várias vezes. Quando fechamos a pauta, sempre digo, esse eu faço. É um pouco para a gente não esquecer que o mais importante são as pessoas. Xingo muito o jornal, mas sei que nunca vou sair de dentro disso.

SUÊNIO: Li um belo perfil seu da escritora Lygia Fagundes Telles.

LOYOLA: Sou muito amigo dela. Como companheira de viagem, ela é muito engraçada, divertida, meio maluca, distraída. Ela enfrenta os públicos mais estranhos. Lembro que numa viagem que fizemos à Alemanha, em Colônia, a gente fazia leituras de textos nossos quando ela começou a se exaltar e o tradutor passou mal na cabine. Era uma tradução simultânea para uma platéia de cem pessoas. Mas os alemães pediram que ela continuasse. E eles ficaram em silêncio, sem entender nada. [*risos*] Ela tem um carisma, uma presença poderosa.

SUÊNIO: Que autores brasileiros você lê com freqüência?

LOYOLA: Gosto muito do Rubem Fonseca, Deonísio da Silva, João Ubaldo, Márcio de Souza, João Antônio, Moacyr Scliar, Érico Verissimo – grande contador de histórias –, Ana Miranda, Carlos Herculano Lopes e outros.

SUÊNIO: Num especial da *Vogue*, o apresentador Jô Soares falou sobre a crítica de Wilson Martins ao seu livro *O Xangô de Baker Street*. O crítico afirmou que era um livro para leitores amadores.

LOYOLA: Exato. Leitor profissional é o quê? É realmente o copidesque. Amadores somos todos nós, escritores e leitores; profissional é o crítico, que lê para criticar. Profissional é aquele que vive do que faz. O leitor é absolutamente passional. Pode amar, xingar, detestar, rasgar. O Wilson é um homem que tem conhecimento de literatura, da teoria, mas deveria ter abordado mais os defeitos e as qualidades do Jô ao invés de cair nessa discussão estéril, para teóricos. Esse pessoal que está na USP estudando o subjuntivo em Fernando Pessoa...

SUÊNIO: Crítica genética, intertextualidade, diegética...

LOYOLA: [*risos*] Todas essas teses...

SUÊNIO: Não interessam ao escritor?

LOYOLA: Interessa ao escritor escrever ficção, mais nada. Todos esses ensaios acadêmicos, teses, trabalhos não significam nada porque daqui a anos estarão mortos. Eu estarei morto, meus amigos e inimigos também. Se o livro for bom, ele fica. Interessa o texto.

SUÊNIO: E quando você faz uma resenha, por exemplo?

LOYOLA: Não faço mais. Todas as que fiz diria que são ruins. Primeiro, sentia-me incomodado quando me davam um livro de autor brasileiro, ficar metendo o pau num cara amigo... Mas não sou resenhista.

SUÊNIO: A questão da mídia com a literatura é sempre algo conflitante.

LOYOLA: Aparecer na mídia todos gostam. Mesmo os que fingem que nunca mais vão escrever adoram aparecer por não aparecer.

SUÊNIO: Está falando de escritores que não dão entrevistas, como Rubem Fonseca e Dalton Trevisan?

LOYOLA: Bem, o Rubem já apareceu muito e aí começou a desaparecer por vontade própria, porque há um momento em que a crítica passa a ser invasiva. Eu, que não sou nada, já acordei às sete da manhã com uma rádio no ar me perguntando sobre Lady Di. De vez em quando ligam para saber o que tenho na minha mesa de cabeceira.

SUÊNIO: Considera *O anjo do adeus* um romance policial?

LOYOLA: Não. Uso uma fórmula, uma estrutura que na verdade desconstrói o típico romance policial. O que me interessa no livro são as histórias das pessoas. É mais um livro de comportamento.

SUÊNIO: Parece-me um pouco amoral, cínico.

LOYOLA: Absolutamente amoral e cínico porque a gente vive num mundo, numa sociedade absolutamente antiética. Talvez eu já seja um ser anacrônico para o mundo de hoje. É um livro que traz uma crítica dentro. As notas de pé de página, por exemplo, utilizo como uma sátira ao romance tradicional, à tese, aquela coisa cheia de bibliografia. É uma gargalhada.

SUÊNIO: Fale sobre a experiência de editar a *Vogue*.

LOYOLA: Editei todo tipo de revista. *Claudia*, *Planeta*, *Lui*, *Ciência e Vida*; ajudei a fazer a *Status*. Acho a *Vogue* uma revista graficamente bonita. Do ponto de vista editorial, acho que consegui transformar uma revista que só se dedicava à moda em algo com mais serviços, que possa ajudar as pessoas a viver nesse mundo. Nos últimos anos publicamos matérias sobre a chacina da Candelária, sistema penitenciário, aborto – assuntos que não eram "vogueanos".

SUÊNIO: A moda deixou de ser associada ao glamour, à futilidade?

LOYOLA: Tem moda e moda. Há uma alta costura inacessível à maioria. É uma bobagem estar na moda porque é uma camisa-de-força. Mas se isso dá prazer às pessoas... O problema é quando ela é imposição. Todo mundo gasta dinheiro como quer. A *Vogue* tem procurado dar uma moda mais do dia-a-dia. Claro, com um pouco de *showbiz* porque sem isso escapa a fantasia. A mídia inteira faz assim, porque no fundo todo mundo quer isso.

SUÊNIO: Isso não é ficção?

LOYOLA: E qual é o problema? Quem disse que tudo isso não é invenção? Quem construiu tudo isso? A gente não precisa de inspiração.

SUÊNIO: Deus é um bom ficcionista?

LOYOLA: Mais do que ninguém. Querendo, Ele mata os críticos. Se bem que, no fundo, escrever é um poder semelhante ao Dele. Você pode inventar as pessoas que você quiser e elas se amam, se odeiam. É um poder semelhante ao de Deus. Seu livro é o seu mundo e você é o dono dele.

# LYA LUFT

Nascida em Santa Cruz, Rio Grande do Sul, em 1938, a escritora Lya Luft, tendo já publicado alguns livros de poesia, lançou aos 40 anos o romance *As parceiras*. Tradutora e ex-professora de lingüística, escreveu, dentre outros: *A asa esquerda do anjo*, *O quarto fechado*, *Sentinela*, *O rio do meio*, *Somos o material da nossa arte*, *O ponto cego* e *Histórias do tempo*. Reside em Porto Alegre. Foi casada com o psicanalista Hélio Pellegrino e com o lingüista Celso Pedro Luft.

SUÊNIO: Numa resenha de 1984 do seu livro *O quarto fechado*, o escritor Caio Fernando Abreu diz que a senhora é uma exceção entre as escritoras que usam a literatura como confissão. A senhora não tem nada a ver com as histórias sombrias que cria.

LUFT: É verdade, as histórias não são minhas, mas da minha fantasia. Escrevo sobre coisas que não entendo, que me preocupam, que me assustam, uma aventura existencial do ser humano. Não tem quase nada de autobiográfico. Antigamente até dizia que eu não era meus personagens, hoje acho que sou todos eles, uma espécie de "eus" possíveis: se tivesse aquela vida, é provável que reagisse daquela forma. Acho que tenho uma grande solidariedade com meus personagens, porque o artista no geral tem duas vidas. Isso é muito individual mas no meu caso é assim. Uma é a minha vida pessoal, com filho, neto, algo extremamente tranqüilo; e outra é uma vida com as preocupações interiores. São coisas que vêm desde criança, com as relações humanas, os conflitos, a transitoriedade do tempo, o sentido da vida. Por isso, brincando meio a sério, sempre digo que tenho um olho que vive e um que escreve.

O lado que escreve tem muito pouco a ver com meu lado pessoal. Acho, aliás, que é importante ter essa visão, a de um leitor não-ingênuo, porque o leitor ingênuo faz do escritor o cabide de seus fantasmas, assim como o analisando faz do analista o cabide dos seus, se projeta, etc.

O leitor ingênuo acha que o escritor viveu todas aquelas vidas, teve todas aquelas famílias. É muito comum achar que eu tive um avô tarado, uma tia anã, um pai cruel... Isso o leitor ingênuo faz. Mas quem lida com literatura deve ter bem clara essa visão de que se o escritor escrevesse sempre uma autobiografia, ele seria um jornalista. A realidade é completamente transfigurada pela arte e é a realidade das suas reflexões e preocupações.

SUÊNIO: Mas creio que há escritores em que não dá para separar vida e obra, como, por exemplo, o próprio Caio.

LUFT: Exatamente. Os seus temas tinham muito a ver com a vida dele. Aliás, escrevi uma resenha para o jornal *Zero Hora* sobre o livro póstumo dele, *Pequenas epifanias*, que por sinal é maravilhoso. Éramos muito amigos, apesar de termos vidas completamente diferentes. De vez em quando ele me escrevia, a gente se telefonava. Nos falamos muito em seus últimos tempos de vida. Ele era muito circunstanciado na sua arte, na sua condição de homossexual, de contestador em todos os sentidos, aquela coisa da alma perdida, etc. E nisso nós tínhamos afinidade. Era muito engraçado porque nossas vidas eram diferentes, mas nossas preocupações em muitas coisas eram semelhantes.

SUÊNIO: Então a senhora separa completamente a mulher da narradora?

LUFT: Não, eu não separo nada completamente. O que quero dizer é que seria impossível humanamente escrever seis romances tão cheios de conflitos, de neuroses, de loucura, autobiográficos. Ninguém pode ter essas vidas todas. Seria uma postura ingênua. Uma coisa é a pessoa que vive e outra é o artista que escreve. É lógico que existem dados referenciais do escritor, externos e concretos.

Por exemplo, em *A asa esquerda do anjo*, eu realmente via aquele anjo do cemitério quando era criança, é o cemitério do interior onde nasci. Depois, quando comecei a escrever, precisei de um cemitério, então aquele anjo apareceu. Isso tem muito, mas não como experiência pessoal. Minha experiência pessoal é uma opção de uma mãe de família que escreve, que se dedica também a sua arte.

SUÊNIO: Como suas paixões, medos, preconceitos e carências aparecem em sua obra?

LUFT: Nos meus personagens, que são quase todos extremamente neuróticos. Essa faixa de conflito humano sempre me interessou muito. Provavelmente, nunca vou escrever um romance assim "casaram e foram felizes para sempre". Embora eu seja muito otimista, meus personagens são complicados, a minha arte nasce de conflitos, mas não necessariamente pessoais. Se não seria muito pobre, não é? Se eu escrevesse só sobre a minha vida pessoal... Casei-me duas vezes, tenho três filhos, três netos, moro nesta casa há vinte e tantos anos. Quer dizer, não é por aí. Acho que esta é uma visão muito simplista. Por outro lado, creio que meus personagens buscam realizar desesperadamente (apesar de nunca conseguirem) os valores que aprecio: uma relativa serenidade, um bem-estar consigo mesmo. Eles são muito castigados por fatalidades.

Em *Sentinela*, depois de ficar vários anos sem escrever, compus um personagem que pela primeira vez dá a volta por cima. Ele ficou mais próximo de mim como pessoa. Trata-se da Nora, que tem uma série de problemas e percalços na vida, mas de repente se dá conta que o homem não é só vítima da fatalidade, também somos senhores do nosso destino, até certo momento. Então ela decide tomar a rédea da vida nas mãos e fica preparada, já na maturidade, para um novo relacionamento. Porque ela era uma mulher que sugava o marido, o amante, o namorado pela sua extraordinária fragilidade. Cobrava mais do que devia e suas relações sempre fracassavam.

SUÊNIO: Entre 1980 e 1983, publicou *As parceiras*, *A asa esquerda do anjo* e *Reunião de família*, livros classificados pela crítica como uma trilogia centrada em mulheres sufocadas pelo preconceito, pelo machismo e pela loucura.

LUFT: Dizem que é uma trilogia, mas não tive essa intenção. Até é possível porque os romances posteriores – *O quarto fechado*, de 1984, *Exílio*, de 1987, e mesmo *Sentinela* – seguem muito nessa linha, ou seja, são romances cujo personagem principal é uma mulher numa família extremamente preconceituosa, em que tem sempre um pouco de loucura, uma espécie de mistério sombrio, uma coisa que me fascina. Acho que há uma continuidade temática e, provavelmente, vou sempre escrever assim porque isso me interessa muito. Mas não tive qualquer intenção de fazer uma trilogia, é que realmente saíram três livros em três anos. Os livros posteriores continuam nessa linha: relações humanas e familiares muito angustiadas e deterioradas.

SUÊNIO: A história do romance *As parceiras* é muito reduzida.

LUFT: Isso é quase que inteiramente instintivo. Escrevi *As parceiras* em 1980, foi meu primeiro romance, aos 40 anos. Na realidade, nem sabia o que ia escrever. Já tinha publicado dois livros de poesia e um de crônicas, sou uma velhíssima tradutora, e quando resolvi escrever *As parceiras*, pois sonhava em escrever um romance, achei que não seria capaz. Primeiro por uma questão de timidez intelectual. Segundo, porque sou muito lacônica para escrever, tanto que meus romances são curtinhos. Mas decidi escrever sem nenhum projeto; aliás nunca tive projeto técnico de elaboração de nada. Escrevo como sei fazer, do jeito que gosto. Quando tenho mais ou menos um personagem delineado e a sua família em torno – pode ser de sangue ou amigos –, começo a escrever a história sem qualquer projeto cerebral. Escrevo por intuição. Fico feliz porque vou preparando armadilhas, colocando mistério para mim, para o leitor... Em *Exílio* tive algumas surpresas, como o próprio nome do livro.

SUÊNIO: Que influências a senhora reconhece?

LUFT: Engraçado que no Brasil escritora sempre tem de sofrer influência de Clarice ou Lygia... Acho que tenho uma linha. Lygia diz que somos da mesma família, alguns temas parecidos, apesar de ela ter um vocabulário muito mais rico do que o meu. Clarice era uma metafísica. Respeito, mas não gosto dos romances dela; por outro lado, acho os seus contos fantásticos. É óbvio que li ambas, mas a essa altura não acredito em influências e sim em parentesco, famílias de artistas.

SUÊNIO: E o poeta Rilke?

LUFT: Este sim. É um dos pouquíssimos autores que li e reli a vida inteira. Leio em alemão, mas volto a afirmar que as influências são devido a uma familiaridade, ou seja, você só é influenciado por aquilo que o toca. Ele me toca profundamente. Quando era mais jovem, li muito teatro grego. Meu pai tinha uma biblioteca muito grande e eu era uma rata. Acho que minha obra tem um pouco da tragédia grega. Mas tudo influi: o que li, vivi, sonhei, me contaram.

Gosto muito da Lygia, do Guimarães Rosa, embora não tenha nada a ver com ele; Drummond, Adélia Prado, Assis Brasil, Moacyr Scliar, alguns poemas do Mário Quintana, naturalmente Érico Verissimo, que além de tudo era meu compadre; as crônicas do Rubem Braga e Caio Fernando Abreu. Havia entre nós cumplicidade, os dois do signo de Virgem. Ele nasceu pronto. Quando começou a publicar, achávamos ser impossível ele melhorar. Sempre aquela coisa do desespero e do seu humor muito refinado. Bem, tudo isso, todas essas leituras se depositam no meu interior como aquela lamazinha do aquário, e quando começo a montar um novo romance é como se eu remexesse nessa lama.

SUÊNIO: Quem lê seus romances buscando o ambiente sulista não vai encontrar.

LUFT: Não, porque não faço literatura regional. Faço literatura de pessoas. *As parceiras* e, principalmente, *A asa esquerda do anjo* são ambientados em cidades de descendentes de famílias alemãs. A escritora Rachel Jardim, que leu os originais de *As parceiras* e entregou para a Nova Fronteira, me disse: "Engraçado, se você mudasse os sobrenomes alemães, essa história poderia ser de uma típica família mineira". Nunca me interessei em fazer diferente, até porque não tenho informação.

SUÊNIO: E a experiência como tradutora?

LUFT: Comecei na Editora Globo, que naquele tempo era aqui, em Porto Alegre. Aos poucos, fui sendo chamada pelas grandes editoras. Acho que é uma grande lição de humildade. É preciso se desapegar de você porque interessa o outro. Quando me sento no computador, minha postura muda, uma vez que não estou escrevendo uma coisa minha. Preciso ser toda ouvidos para o que meu colega quis dizer nas linhas e entrelinhas. Traduzir é transmitir todo um contexto cultural. Sei que isso é dificílimo porque na melhor tradução, feita nas condições mais ideais, perde-se, no mínimo, 30%. Traduzi vários livros da Virginia Woolf, por quem também sempre dizem que sou influenciada, mas creio que não tenho nada a ver. Gosto mais dela como personagem do que como escritora.

SUÊNIO: O fato de ter sido professora de Lingüística ajudou a escritora?

LUFT: Não tem nada a ver. O que me ajudou foi ser uma leitora contumaz e escrever muito, sendo tradutora. Fui professora dez anos, fiz mestrado, mas não era meu caminho. Adoro lecionar porque gosto de conversar com as pessoas, mas a Lingüística... Tinha dores de cabeça quando pensava em dar aula. Não sou uma intelectual. Tenho horror da vida acadêmica, reunião de departamento... não gosto disso. O artista tem uma visão da linguagem completamente diferente do lingüista. O Celso Luft de vez em quando opinava nos meus textos, mas ele era um pesquisador e eu sou uma intimista. Eram duas coisas: o olhar de quem vê a língua como instrumento de trabalho, e outro como estudo.

SUÊNIO: É bastante ligada à casa, aos seus filhos.

LUFT: Hélio Pellegrino dizia que não sou escritora, e sim uma galinha choca. Sou extremamente ligada às coisas da casa, aos filhos. Já estão casados, mas tem sempre alguém circulando. Hoje vêm alguns netos. Isso é muito importante para mim, primeiro pela forma como fui criada, e depois como âncora. A casa é meu abrigo. Nos poucos anos em que morei no Rio, senti muita falta de Porto Alegre. Gosto daqui, parece uma cidade do interior.

SUÊNIO: Volta e meia essa questão: a velhice.

LUFT: A vida é um mal sem volta. Hélio dizia que a vida é uma doença crônica com um prognóstico sombrio. As velhas dos meus livros são muito doidas, solitárias. Não tenho essa visão. Acho a maturidade uma coisa maravilhosa. E isso independe de ruga, mudança física. Você tem que ter duas coisas: projetos e afetos. Se você tem isso, a idade é um acidente físico. Essa é a fórmula. Há algum tempo veio uma jornalista e me perguntou o que tinha mudado na minha vida depois que entrei na casa dos cinqüenta. Nunca tinha pensado nisso. Comecei a pensar e aos poucos me entusiasmei. Não preciso mais arranjar namorado. Minhas tias diziam, "essa menina lê demais, não vai arranjar marido". [*risos*] Não preciso mais parir, educar filhos, escolher uma profissão, comprar o meu primeiro apartamento e não poder pagar. Isso dá uma liberdade interior, uma doçura de viver maravilhosa. Agora, já passei dos sessenta, preciso voltar a pensar... [*risos*] Há, claro, as perdas, mas não acho que a vida me deva nada. Em oito anos perdi dois maridos, mas também há ganhos. Nunca tive nenhuma ambição literária, sempre escrevi por prazer, por isso, tudo o que veio é bom. As pessoas pedem demais da vida. Precisamos apostar no imponderável.

## **Nélida**
# **Piñon**

Carioca de Vila Isabel, Nélida Cuiñas Piñon nasceu em 3 de maio de 1937. Jornalista e escritora, detém uma cátedra de professora titular de literatura na Universidade de Miami, Estados Unidos, onde reside parte do ano. Recebeu vários prêmios, dentre eles, o Juan Rulfo, concedido pela primeira vez a uma escritora de língua portuguesa. Eleita para a Academia Brasileira de Letras em 1989, também foi a primeira mulher a presidir a instituição, nos anos de 1996 e 1997. Escreveu, dentre outros: *Guia-mapa de Gabriel Arcanjo*, *A casa da paixão*, *Sala de armas*, *Tebas do meu coração*, *O calor das coisas*, *A república dos sonhos*, *A doce canção de Caetana*, *A roda do vento* e *O pão de cada dia*. É solteira.

SUÊNIO: O que o ofício tem lhe ensinado?

PIÑON: Ele é vasto, profundo e surpreendente. Tem me ensinado muito, inclusive a me preparar para o futuro. Ensinou-me, sobretudo, que o texto é uma montanha-russa. Ele o conduz a emoções infinitas. Ensinou-me também que não devo confiar nele porque ele me supera. Eu é que devo ir ao alcance dele. É muito mais rico do que as minhas possibilidades. Ele pede o rosto final, que às vezes o escritor nega. É por isso que digo que não é o crítico que assassina o escritor. É o escritor que assassina o seu texto com a sua pressa, vaidade, arrogância, urgência. O ofício me ensinou a ter paciência, a ser obstinada, a humanizar o meu coração. O texto tem uma luz poética. Não é só a estética pela estética. Ele deve estar impregnado de humanidade porque o escritor deveria ser alguém que transitasse com absoluta liberdade e adesão pelo coração aflito do homem.

SUÊNIO: O ofício a aproximou das pessoas?

PIÑON: Muito. Costumo dizer que a literatura nada me deve. Eu é que devo tudo a ela. Graças a ela eu conheço as pessoas e transito pelo mundo. Ela me ensina diariamente a viver. Literatura não é um produto que advém apenas do artista. A sociedade, ao longo dos séculos, pediu que a sua história fosse narrada, por isso ela tem esse sentido coletivo.

SUÊNIO: Por que não permite publicar o seu primeiro livro, *Guia-mapa de Gabriel Arcanjo*?

PIÑON: Ao longo da minha carreira... Não gosto de dizer que fui injustiçada, mas fui muito sacrificada por certos grupos que afirmavam que eu era hermética, como se a arte não fosse complexa. Tentaram me paralisar com epítetos. Quem é hermético? Aquele que não pode ser compreendido, lido! Isto foi um estigma que tentaram imprimir na minha vida. Resisti a tudo isso e aqui estou com meu ofício, meus prêmios. Vou publicar após fazer uma nova revisão e no momento em que julgar oportuno, mas infelizmente ainda não tive tempo.

SUÊNIO: Não seria uma concessão que a senhora está abrindo?

PIÑON: Não, nunca neguei meu primeiro livro. Acho que é um texto desabrido, corajoso, audacioso para uma jovem de 17 anos. Meus dois primeiros livros demonstram que não tenho o espírito acomodado. Eu não temi os limites estéticos. Fui uma alma rebelde, tentei instaurar uma estética rebelde, insubordinada.

SUÊNIO: É machadiana?

PIÑON: Sou apaixonada. É o escritor que mais admiro. Vida e obra. Se sou servidora de alguém é de Machado. É um dos grandes romancistas do século XIX. Eu sorrio quando o leio e ainda me surpreendo com aquela ironia prodigiosa. Machado está presente em qualquer escritor brasileiro porque imprime uma rota: a perseguição da qualidade.

SUÊNIO: Até que ponto *A república dos sonhos* se confunde com a senhora, é autobiográfico?

PIÑON: Durante muitos anos preparei-me para escrever um romance que adentrasse pelo Brasil, na psique brasileira. O melhor modo que encontrei foi fazer um livro com um ponto de vista brasileiro associando-o a um ponto de vista de fora do país. Vi que quem mais me colaria à realidade brasileira seria o imigrante, aquele que vem para morrer e fazer filhos. Aquele que traz na alma a presença da sua terra de origem, que combina duas culturas – a de onde nasceu e a outra, que ele apropria para ficar nessa terra. O imigrante, por isso, é um ser muito interessante. Muita gente busca esses traços autobiográficos em mim. E eventualmente há, porque são coisas que vivi até os meus dez anos. O escritor é fruto da imaginação, mas também é muito do que sabe. Ele é fermentado pelos traços da sua biografia. Há coisas minhas, claro. Gosto muito dos personagens masculinos, algo não muito comum nas escritoras. O velho Madruga, por exemplo, alguém pode dizer que tem os traços do meu avô Daniel. Ora, claro, são minhas referências. Mas, na verdade, eu invento. Não tenho nada a ver com a Breda, por exemplo, a escritora da história.

SUÊNIO: Este livro evidencia uma característica sua: o cuidado com o passado, a história, o que não volta mais.

PIÑON: Desde menina sempre me senti instalada na vida. Sabia que havia uma sociologia, uma geografia, uma história de hoje, pretérita e remota. Tive a felicidade de ler grandes textos ainda pequena. Desde menina sou leitora voraz da *Bíblia*, de Homero... Então sou licenciada a viajar por qualquer tempo da história. Cada vez mais leio sobre os séculos XII a XVI. Meu imaginário ganhou muito com o conhecimento histórico porque me tornei mais atrevida.

SUÊNIO: Algumas pessoas ainda separam texto e enredo. Acham que um bom texto salva um mau enredo, como se isto fosse possível.

PIÑON: Há uma contradição aí. Uma coisa é uma história pobre, pouco espessa. Se ela é mal contada é porque a linguagem não sustentou a história.

SUÊNIO: Literatura então é técnica?

PIÑON: Tenho que ser modesta se não vai parecer que estou falando *ex cathedra*. Literatura nasce de uma imaginação poderosa, do conhecimento da história humana, do arrebato criador para narrar algo que já existia, mas não tinha recebido uma moldura própria. Acho, por exemplo, o enredo de *Madame Bovary* paupérrimo, desinteressante. Não me interessa o adultério. Fascina-me a intriga do adultério quando passa pelo crivo do autor. *Dom Casmurro* é deslumbrante porque tem paranóia, patologia, sutileza, armazenamento de segredos. Está tudo ali. Gosto da literatura porque ela mascara. Não há texto transparente, com apreensão absoluta. Pode ser um enredo modesto, linear, com poucos ingredientes, mas deve ser multiplicado pelo gênio narrativo, o domínio da linguagem e o pensamento embutidos no texto.

SUÊNIO: Isso me recorda *Crônica de uma morte anunciada*.

PIÑON: Você cita García Márquez e eu lembrei de uma novela dele que é de uma modéstia fascinante, *Ninguém escreve ao coronel*. Tão simples, mas um dos seus melhores textos.

SUÊNIO: Quando a senhora constrói suas frases, busca uma certa "eufonia musical"?

PIÑON: O tempo todo. Tive uma formação de balé, de música, teatro, ópera... Então vou em busca do ritmo das palavras, evito os confrontos antagônicos, desagradáveis. A língua é legitimada pelo uso. Você tem de evitar os prejuízos fonéticos e sonoros – são técnicas internas que embelezam o texto. Você pode trabalhar tudo porque há milhares de recursos. O que é morto num texto? A sua sensibilidade literária é que vai dizer isso, como também até que ponto a ação está acelerada, onde a sua reflexão o interrompe. Pode ser profundo ou a história de um cachorrinho. Criar esses subterfúgios estéticos, entretanto, é difícil.

SUÊNIO: Usa computador?

PIÑON: Escrevo em papelinhos. Tenho um computador, mas não sei conviver com ele, e, o que é mais dramático, nos últimos anos abandonei minha máquina de escrever, que me acompanhava desde meus onze anos, e hoje escrevo à mão. Tornei-me uma copista medieval. Estou criando palimpsestos.

SUÊNIO: Como fez para escrever uma coluna no jornal *O Dia*?

PIÑON: Passava para o meu secretário. Mandava tudo pelo fax, de onde eu estivesse, ele me mandava de volta e eu devolvia, novamente "sujo". Eram seis, sete versões através de fax.

SUÊNIO: Material riquíssimo para crítica genética.

PIÑON: [*risos*] Sim, ela vai adorar. Vai dizer, meu Deus, essa mulher nos deixou um material e tanto... Tenho tudo guardado. Várias universidades americanas desejam adquirir esse arquivo.

SUÊNIO: Gostou da experiência?

PIÑON: Muito. Tive ótima repercussão, as pessoas gostam... No geral é difícil o retorno do leitor, mas ele me chegava por cartas, pelo telefone, até na rua. É uma intimidade que se estabelece entre o leitor e o escritor. As palavras afetuosas fazem bem à alma. E, afinal, você não escreve para o vazio. Escrevemos para nossa língua, para o sentimento do nosso povo. Você quer ser apreciado pelos seus vizinhos de vida.

SUÊNIO: Consegue escrever nas maiores adversidades?

PIÑON: Aprendi. Antes arrumava meu escritório impecavelmente, mas a vida me mostrou o contrário. Tenho isso, mas também gosto do aspecto cru da vida, no sentido da comida, do pão, lavar as carnes, cortar os bifes, de preparar um frango. Sabe o que eu estava fazendo antes de você chegar? Estava na cozinha limpando com uma faca o mofo natural de um queijo que trouxe da Galícia. Admiro essa expressão do ser humano de sobrevivência, da cozinha, de receber os amigos. Sou uma mulher com formação de terra.

SUÊNIO: A imagem da mulher aristocrática a desagrada?

PIÑON: É isso que dizem de mim, não é? [*risos*] Se a calçada está suja eu desço e limpo. Não quero ser alguém com medo da vida. Ela é um sobressalto permanente, nos humilha a cada dia. Tenho horror da arrogância. Não quero que olhem para mim e digam: "Quem é esta mulher que se afastou de nós?" Cada dia quero estar mais perto das pessoas. Adoro conversar com o jovem porteiro da Academia, por exemplo. Voltei de uma viagem e trouxe uma gravata para ele. Minha mãe dizia: "Nunca se sabe, minha filha, de quem vamos receber a sopa quente que pode nos salvar". Não é o rei que vai lhe dar.

SUÊNIO: Preocupa-se com o fato de não ter tido filhos?

PIÑON: Nem um pouco. As pessoas até gostariam que eu dissesse sim, mas nem um pouco. Minha circunstância pessoal é essa. Dou, distribuo e colho vida dos outros. Sou cercada e reparto meus afetos.

SUÊNIO: Não sente solidão?

PIÑON: Imagina! Ao contrário, estou precisando, entende? É difícil eu chegar num país e não ter um amigo, um conhecido que me ofereça um pão com ternura, carinho. Tenho da maternidade a melhor lembrança do mundo porque tinha adoração pela minha mãe; ela morou ao meu lado, no apartamento vizinho. Mas escolhi viver de forma diferente... As viagens, a aventura, a leitura.

SUÊNIO: É verdade que é mais conhecida do que lida?

PIÑON: No Brasil poucas pessoas são lidas. É um país penoso em relação à leitura. Dizem que sou uma personalidade. Então, apareço na televisão. Dê-me um microfone que eu falo. Acaba acontecendo que quando falo na TV, sou muito mais ouvida do que já fui lida. Mas cada vez mais se amplia o meu círculo de leitores.

SUÊNIO: *A doce canção de Caetana* é um romance feito em cima de arquétipos: o padre, a beata, o delegado. Não acha que correu o risco de cair na caricatura?

PIÑON: Não acho que seja caricatura, porque a caricatura é rígida, não se multiplica, não tem ambigüidade, não reproduz, é dinamitada pela versão pobre que representa. Quando você caricatura faz uma leitura do objeto caricaturado, e isto não é exatamente o meu texto. Arquétipo é justamente o contrário da caricatura, porque o arquétipo não é indigência, não é versão estratificada dos personagens. É o personagem que tem uma origem remota, que pode ser uma versão contemporânea de si mesmo. O arquétipo vaza, ele é uma soma de vários personagens ao longo das épocas. É aquilo que sobra de nós e está em todos nós. Os meus personagens são muito cheios de contradições, insinuam contar tudo e nunca contam. Há uma insídia na narrativa, no meio do caminho interrompo e começo outra. É uma característica minha, do meu modo de ver a realidade textual.

SUÊNIO: A presença da soprano Maria Callas é muito forte nesse livro.

PIÑON: Trabalhando com a Maria Callas, eu não somente me acerco da questão do dramático, que está presente em todo ser humano. Nós temos pretensões de assumir a postura da elite, uma postura intelectual, mas somos todos melodramáticos, choramos e adoramos muitas coisas desde o berço.

SUÊNIO: Seria uma característica latina?

PIÑON: Não sei se só latina, os árabes também são assim. Cada povo tem a sua pedra de toque no melodramatismo. Os anglo-saxões acham que não são, mas é evidente que são, só que de outro modo. Nós conhecemos a nossa versão melodramática da realidade. Mas além de trabalhar com o melodramático dos sentimentos, o mau-gosto do sentimento – acho que todos nós transitamos pelo *kitsch* dos sentimentos –, preocupo-me com a ilusão. Ela é o sustentáculo da arte, sem a adesão ao surreal não existe arte. A arte propõe e alicia o conluio entre o leitor e o artista. Sem a ilusão não há estética. Com esse jogo, em que trabalho a ilusão, torno veraz o inverossímil. Não sou só eu que quero ser a Maria Callas. Todos nós queremos ser. Todos somos teatrais. Estamos aqui montando um teatro, só varia o palco em que estamos. Que máscara estamos usando hoje? A latina, a veneziana? A que carnaval estamos associados? A reflexão sobre a ilusão, embutida na narrativa de *A doce canção de Caetana*, explora em cada frase os sonâmbulos, os artistas, os mambembes das estradas. Gosto muito do mundo das estradas. Sou a cigana do imaginário.

SUÊNIO: Vive muito tempo fora do Brasil. Mas a senhora não fica comparando o Brasil com outros países, uma visão colonialista que, em geral, as pessoas têm.

PIÑON: Não, sempre saí sabendo que voltaria. Nunca fui moradora lá fora. A palavra em espanhol é *embicada*. A minha geografia real sempre foi o Brasil. A minha sensibilidade é brasileira, minha formação inicial foi a cultura brasileira e galego-espanhola. Então, sou uma mulher que sempre apreciou o espetáculo europeu, americano, porque sou filha dessa cultura também, sem nunca renunciar à minha origem. Nunca saí para olhar o mundo. Sempre olhei o mundo a partir do Brasil, a partir do que sou, da língua portuguesa, que é a minha paixão maior, porque através da língua averiguo o mundo. É claro que faço críticas, mas são críticas construtivas de quem está aqui e não de quem quer deixar de estar. Sou representante do Brasil. Onde quer que eu vá, todos sabem que sou brasileira.

SUÊNIO: Nossa música avançou lá fora mais do que a literatura, apesar de vários escritores brasileiros já terem sido bastante traduzidos, como Jorge Amado e Machado de Assis.

PIÑON: A música dispensa tradução e a música brasileira é muito popular, acessível, não cobra entendimento, não é complexa. Então, uma pessoa modestíssima, quando escuta um compositor brasileiro é capaz de chorar, dizer "que bonito!", mesmo não entendendo nada, porque chega-lhe com facilidade. E a leitura de um livro é exigente, cobra entendimento, uma adesão mais profunda. A literatura pede um transporte, não é fácil não.

SUÊNIO: O português acaba sendo um problema?

PIÑON: É muito mais difícil porque primeiro pede uma tradução. Os tradutores, naturalmente, também se deixam levar por políticas culturais, se deixam influenciar pela exigência do mercado, e o mercado se deixa levar pelos modismos. O mercado também tem seu gosto, exige, cobra. É um jogo complexo no qual você se insere ou não, e o mercado o absorve ou não. Independentemente disso, tem de passar pelo crivo da tradução, e a língua portuguesa não tem grandes tradutores. Muitas vezes não atrai os interesses do cenário internacional. Além do mais, uma vez que você já existe e é traduzido, o livro pede adesão, uma formação intelectual. A música não. Qualquer pessoa pode ouvir um grande compositor brasileiro, que tem até uma certa complexidade, e se comover. No livro, não, uma frase é insuficiente, pede outra frase: é uma combinação, pede sua memória. Se você perde uma frase a comunicação não se faz, não há um fulgor estético.

SUÊNIO: Drummond dizia que "lutar com palavras é a luta mais vã". Que poder tem o escritor?

PIÑON: Não me preocupo com o poder. Não tenho esta fantasia. Mas acho que um país sem livros é um país empobrecido. O imaginário de um povo que não está impregnado pelas obras literárias é pobre, enfraquecido. O poder da literatura está no poder que o imaginário de seu povo lhe concede. O livro sempre intimidou os poderosos, tanto que queimaram bibliotecas inteiras, houve censuras, interdições e, no entanto, o livro é uma coação. O escritor deve acreditar no que escreve, mas não precisa acreditar que é poderoso para escrever. Ele precisa achar que o que faz é útil, obedece a uma finalidade sua e de uma coletividade. Não deve pensar que é uma raça em extinção. O escritor é um panda? [*risos*]

SUÊNIO: Deseja estar em sintonia com esse coletivo?

PIÑON: Você tem de ter o espírito de sua época, mas, por outro lado, aqueles escritores mais petulantes, cujas vozes são mais ouvidas, nem sempre produzem os melhores textos. São textos datados, "modernosos".

SUÊNIO: Acha que a literatura esotérica faz isso?

PIÑON: Falo de escritores que num determinado momento fazem muito sucesso, são muito lidos e consumidos, mas basta passar alguns anos e são completamente desatualizados de si mesmo. Sempre quis estar na liça. Não busquei a proteção dos poderosos, da minha geração, de críticos. Quero estar exposta, como todos deveriam. Nunca usei guarda-chuva.

SUÊNIO: Não sente a necessidade de se agrupar?

PIÑON: Não, porque me dou bem com várias pessoas. Agrupando-se você se limita, e estou aberta a tudo. Não sou prisioneira do meu gosto, da minha estética, estou sempre mudando, transformando. Acho que certas polêmicas nas quais as pessoas se envolvem obedecem a um temperamento e a uma crença e eu não tenho isso. Isso não nos conduz a nada. Meu Deus! A vida é tão fugaz, a morte bate à nossa porta com tanta velocidade, a gente envelhece, logo tem rugas, os dentes começam a cair. Tudo é tão rápido.

SUÊNIO: A Academia é uma tentativa de permanência?

PIÑON: O ser humano não suporta a idéia do esmaecimento. É difícil enxergar a fotografia de tom sépia, de contornos que o tempo apagou. Quanto à Academia... Pode até perdurar alguns traços de vaidade... Mas não. É o convívio, o lado gregário do ser humano, que também é circunstancial. São ilusões, não é? Somos seres da ilusão. Algumas positivas, permanentes... Há seres que se levam a sério o tempo todo, esses são perigosos. Em *O pão de cada dia*, por exemplo, há uma visão, um leve tom melancólico, as despedidas começam a ser feitas. Há o sentimento do envelhecimento, a nostalgia de Deus, da vida que você começa a perder. Mas também é um livro que destaca as coisas iluminadas.

Tenho uma natureza criadora vital. Só gostaria de preparar-me para essas despedidas e saber me despedir. É uma aprendizagem. Tenho, desde já, muita consciência das coisas que não vêm mais. São as perdas cotidianas. Você deixa de ter a ilusão de antes, a capacidade de surpreender-se como antes. São marcas que você vai acumulando no seu coração. O fato de ser escritor ajuda: você não escolhe ser escritor para desistir, para fracassar, para ser anônimo. O importante, enfim, tanto na vida quanto no ofício, é tentar dar o melhor de si, mesmo que às vezes fracasse.

# HÉLIO PÓLVORA

Jornalista, crítico literário, tradutor e contista, Hélio Pólvora nasceu em 2 de outubro de 1928, numa fazenda pertencente à cidade de Itabuna, Bahia. Escreveu, dentre outros, *Massacre no km 13*, *Noites vivas*, *O grito da perdiz*, *Mar de Azov*, *Xerazade*, *Três histórias de caça e pesca*, *Um pataxó em Chicago* e *O rei dos surubins.*

*Participaram da entrevista o escritor baiano Luís Claudio* DALTRO *e a crítica literária Gerana* DAMULAKIS.

SUÊNIO: Gostaria que o senhor falasse um pouco da sua infância em Itabuna.

PÓLVORA: Nasci numa fazenda de cacau, onde fui criado até os oito anos. Aprendi desde cedo a ser solitário. Preservo a solidão muitas vezes até de forma ciumenta. Acho-a importante para quem escreve. Fui arrancado do ventre, por assim dizer, do ventre dos cacauais. Uma fazenda de cacau é um lugar sombrio, fechado; os cacaueiros mal deixam o sol penetrar. É um mundo soturno, tanto no cenário como na alma das pessoas que moram lá. Elas se comunicam pouco, passam a maior parte de suas vidas entre os extremos de euforia, quando o cacau está num preço bom, ou de depressão, quando cai ou advém alguma praga ou doença grave. Esta paisagem triste, obscura desperta em qualquer menino sentimentos de uma solidão aguçada, deflagra a angústia. Motivo porque a minha ficção é noturnal, com uma nota pessimista, e às vezes tende ao fantástico.

Aos nove anos fomos morar em Ilhéus, depois em Olivença, um balneário. Aí completei a minha infância. Não retornamos mais à fazenda, mas a Itabuna, onde meu pai comprou uma casa.

Houve então um certo distanciamento, que era desejado; porém apenas fisicamente, porque ele continuava e continua em mim até hoje. Meu mundo onírico ainda está muito preso à fazenda.

DALTRO: Houve fatos na sua adolescência que acentuaram ou diminuíram a sua timidez?

PÓLVORA: Houve muita coisa que acentuou minha timidez inicial. O mundo hostil, rude, a ambiência inóspita... Como primogênito, fui criado praticamente sozinho num mundo de adultos. Tornei-me adulto cedo demais. Ao mesmo tempo, tentei preservar aquelas emoções de criança. Irritavam-me as visitas, saía de casa e ia para o mato. Isso acentuou uma decisão de ficar o mais só possível e fincou o marco da timidez. Quando fui para o Rio senti a necessidade de me reeducar, coisa que fiz sozinho. Ou mudava ou não me adaptaria à vida. Questão de sobrevivência.

SUÊNIO: Começou no *Diário Carioca*?

PÓLVORA: Sim. Era um pequeno grande jornal no sentido de que ele lançou a técnica do copidesque. Vivi esse período. Luis Paulistano introduziu o *lead* seguindo os moldes americanos. Cheguei a ser chefe de copidesque lá. Foi escrevendo sob a premência do tempo, com o secretário de redação puxando o papel da minha mão, pedindo 45 linhas, depois 30, ou então o oposto. Para o escritor é um exercício fascinante.

DAMULAKIS: Qual o seu primeiro texto?

PÓLVORA: Foi uma dissertação de tema livre na escola primária de Itabuna. Da janela de casa, olhei e vi um mamoeiro, perto da cisterna e resolvi escrever sobre ele. Esse texto se perdeu. Felizmente. Ou infelizmente.

DAMULAKIS: E o seu primeiro leitor?

PÓLVORA: Meu pai ou minha mãe. Meu pai não era rigorosamente letrado porque não tivera tempo de estudar, mas era de uma sensibilidade extrema. Ele lia romances policiais, Victor Hugo, alguns autores russos. *O guarani*, de José de Alencar, foi um fascínio quando o descobri em dois tomos. Minha mãe comprava literatura de mascates. Eles andavam pelas fazendas com aquelas malas nas costas, a gente pensa que só tinha roupas e bugigangas, mas na verdade eles carregavam literatura.

DALTRO: Desde essa época o mundo do conto já exercia fascínio sobre você?

PÓLVORA: Dostoiévski foi um choque, deixou-me sem sono por muito tempo. Desde aí comecei a ter contato com os poderosos russos do século XIX. Eles exerceram influência em minha literatura a partir do meu imaginário. Até hoje acho que sou um escritor da imaginação, daí a minha relutância em considerar o conto ou a novela puramente como texto. É preciso "acontecer" algo, nem que seja um filete ficcional.

DALTRO: Na sua infância grapiúna você deve ter tido contato com contadores de causos e, no Rio, com as conversas em mesas de bar. Há aproveitamento dessa, digamos, literatura oral cotidiana?

PÓLVORA: Sempre há uma influência, porque, principalmente em literatura, somos produtos do meio. No ambiente da fazenda de cacau existem todos aqueles mitos, como o da caapora, por exemplo, que nos faz ficar perdidos na mata. Até hoje escuto histórias e deliberadamente tento me documentar. O escritor deve escutar, sentir, perscrutar, ser uma caixa de ressonância. Quando vou ao bar, é por necessidade de solidão, para pensar. Para mim é um templo. Ali não escuto histórias, eu crio.

DAMULAKIS: Há um episódio curioso: quando você chega no Rio e tenta manter contato com Graciliano Ramos e José Lins do Rego.

PÓLVORA: Graciliano Ramos era a minha paixão literária. Foi de todos os escritores brasileiros o que mais me ensinou a escrever. Em Itabuna, pelo reembolso postal, recebi e li *Infância*. As palavras eram bem colocadas, cada uma tinha um timbre, uma semântica. Ele produzia milagres no manuseio das palavras. Comecei a admirá-lo de uma forma que passei a fumar a mesma marca de cigarros que ele, por sinal fortíssimo; tomar a mesma aguardente...

Um ídolo. Quando cheguei ao Rio em 1953 tentei me aproximar, mas ele tinha fama de difícil e fiquei com medo de não ser bem recebido. Ele estava doente, de modo que só pude vê-lo morto. Já o José Lins não era tanto uma paixão, mas admirava muito *Fogo morto*. Ele era o contrário de Graciliano: alegre, esfuziante, meio maluco. Muitas vezes ficava admirando-o e o seguia, como se fosse um assaltante. "Quando chegar naquela esquina eu o abordo", pensava, mas nunca criei coragem.

Quando o Graciliano morreu, tomei um choque. Fui vê-lo. Era um final de tarde e havia uma pequena fila. Diante de mim, ao lado do caixão, estava o José Lins chorando copiosamente. Aí então se deu o meu encontro com o Graciliano e o José Lins.

SUÊNIO: Ao contrário de autores como Jorge Amado, Adonias Filho e João Ubaldo Ribeiro, o senhor não se preocupou em fazer uma certa literatura grapiúna.

PÓLVORA: Eu já peguei essa literatura em fase de mudança, quando importava muito a maneira como você conta a história e não apenas a história em si. Alcancei a literatura brasileira nessa fase de preocupação com a linguagem, que o Jorge Amado não demonstra muito, e que acontecia com o Adonias. Não me satisfazia apenas contar uma história sobre o mundo grapiúna, realmente me afasto disso. Não considero minha ficção caracteristicamente grapiúna, no sentido dos narradores tradicionais. Não sou regionalista no sentido acanhado desta denominação.

DALTRO: E a crítica? Deve ser um aprendizado lidar com ela.

PÓLVORA: Qualquer opinião geralmente é decisiva, contra ou a favor. Se você recebe uma crítica dura evidentemente se sente atingido, injustiçado, mas o escritor tem de se educar para aceitá-la e sair ileso, isto é, não dar atenção, coisa só possível com o amadurecimento. Creio que, por intolerância, o diálogo entre o escritor e a crítica é sempre desastroso, as intenções entram em choque. O escritor só quer ouvir elogios. Precisamos nos reeducar para a humildade.

Fui crítico durante seis ou sete anos no *JB*, toda semana. Depois substituí o Leo Gilson Ribeiro durante dois anos na *Veja*. Muita gente indaga como é que eu consigo ser escritor e crítico. Não sei, simplesmente desligo uma coisa quando faço outra.

DALTRO: Há uma relação íntima entre crítica e inveja?

PÓLVORA: Extremamente íntima. A crítica é, em geral, preconceituosa; ela se deixa levar muito pelas amizades, pelas frustrações, ressentimentos ocultos, disfarçados. Teria que priorizar a obra, mas a crítica brasileira em geral não dissocia o autor da obra. Há muitas vezes a necessidade de o crítico brilhar às custas do autor, chamar atenção para si. Wilson Martins, por exemplo, não gosta de mim. Embora tenha alguns artigos favoráveis dele, sempre se nota um tom de reserva muito forte. Certa vez comentei que ele coxeava como crítico. Foi uma observação feita sem malícia, apenas para os outros rirem. Essa frase pegou. Otto Lara Resende chegou a perder amigos, mas não deixava de repetir a frase. Outro desafeto meu é o Assis Brasil. Não gosta das minhas traduções, dos contos, de nada do que fiz, é do tipo "não vi e não gostei". Trabalhamos juntos no *Diário Carioca*, onde ele era redator. Não era um bom redator, não aprendeu a fazer jornalismo. Como escritor, não conseguiu a projeção que almejava. Ele esculhambou o meu primeiro livro numa página do *JB*. Um amigo observou que eu deveria ficar feliz, porque se ele escreveu uma página para me negar é porque no fundo me dava importância, eu tinha valor.

Há nesse capítulo da crítica um caso engraçado. Trata-se de um rapaz que entrou num concurso julgado por mim, Murilo Rubião e outra pessoa. Murilo foi visitar-me no Rio, tomou um pileque violento. Vomitou no sofá, na sala e no elevador. Na semana seguinte fomos a Belo Horizonte, comemos traíra num restaurante que ele conhecia, fizemos uma farra e afinal começamos a conversar sobre o concurso, a trocar impressões e fazer escolhas. Ele falou que havia um candidato muito arrogante, que escrevia mal e já tinha anunciado o livro no jornal, desrespeitando o regulamento. Esse rapaz foi eliminado. Qualquer livro meu é negado por ele. Era o tal "não li e não gostei". Quando venci o Prêmio Nestlé, o rapazinho chegou a publicar um editorial em *O Estado de S. Paulo*, no qual me comparava a uma marca de chocolate... Tenho levado muita porrada da crítica.

SUÊNIO: Como era sua amizade com Clarice Lispector?

PÓLVORA: Ela me telefonava quase todos os domingos de manhã. Era uma pessoa extremamente difícil, muito encucada, preocupada com o disse-que-disse literário. Certa vez ligou-me para perguntar o que eu achava de Nélida Piñon. Queria ser querida, que lhe quisessem bem. Era uma mulher solitária e indefesa. Houve uma fase em que foi muito atacada pela mídia por ter deixado aquela literatura alegórica, hermética e começou a fazer algo mais baseado na realidade, como *Onde estivesses de noite* e *A hora da estrela*. Fiz um artigo defendendo-a e ela me ligou dizendo "muito obrigada por ter me compreendido". Era uma grande mulher, excelente escritora, mas muito infeliz, extremamente atormentada, frágil. Nasceu para ser amada, protegida e posta num pedestal. Tenho todos os seus livros com autógrafos afetuosos.

SUÊNIO: Em *Xerazade*, o senhor parece querer exercitar vários tipos de linguagem.

PÓLVORA: Sim. Já disseram que este livro apresenta em cada conto uma maneira de narrar diferente. A escritora Dinorah do Valle falou muito generosamente sobre ele, dizendo que é uma aula de contística e que um escritor como eu mereceria tradução em várias línguas. Obrigado, Dinorah.

SUÊNIO: Escritores como Lygia Fagundes Telles, a quem o senhor chamou de "a grande dama da literatura brasileira", fazem o contrário: mantêm uma linha, um estilo próprio, reconhecível.

PÓLVORA: Sim. Ela mantém uma linguagem uniforme, como o Jorge Medauar, o Adonias Filho. Sou inquieto, por dentro sou um verdadeiro vulcão. Acho que cada conto deve ser uma nova experiência, deve abrir uma vertente nova. Cada assunto requer abordagem especial, técnica narrativa própria e ter a sua linguagem particular, essencial, irremovível.

SUÊNIO: Em que ano retornou a Salvador?

PÓLVORA: Retornei à Bahia em 1992. Antes de vir para Salvador passei cerca de 8 anos em Itabuna. O retorno à Itabuna foi algo sentimental, estava em busca de fantasmas (da infância, sobretudo os da mãe e do pai). Mas aprendi a lição: não se deve retornar. Retornos só devem acontecer na memória, proustianamente. Quanto ao Rio, a cidade mudou muito. Hoje, é uma cidade agressiva, violenta, não me atrai mais. Mas tenho saudades. Tenho saudades do escritor que se iludiu de olhos abertos a fim de dar sentido à vida.

SUÊNIO: Já leu um autor de Aracaju chamado Francisco Dantas?

PÓLVORA: Sim. Li seus dois romances – *Coivara da memória* e *Os desvalidos*. Muito bons. Mantive correspondência com ele. É talvez a mais legítima revelação brasileira na novelística desde os nordestinos Graciliano Ramos e José Lins do Rego, com a diferença de que Dantas explora um universo pessoal, familiar, que conhece a fundo: a decadência do patriarcalismo em Sergipe. Com ele o sertanismo entra em nova esfera: sem sair do chão, alça vôo nas metáforas.

SUÊNIO: Diogo Mainardi rebate a importância dessa literatura rotulada de regionalista. Ele acha que ela atribui um certo intelectualismo ao sertanejo.

PÓLVORA: Ele está enganado. Toda a obra do Guimarães Rosa, o Graciliano Ramos... O forte da nossa literatura vem daí. Foi o regionalismo que deu um toque de autenticidade à nossa prosa de ficção, que buscou os temas nativistas e ajudou o Brasil a ter uma cédula de identidade própria. Deixamos de copiar modelos importados.

Se o escritor se preocupa com o homem, ele é universal e incontestável. Na verdade, existe preconceito da crítica feita no

Sudeste em relação aos nordestinos. A mídia do centro-sul tem uma má vontade em relação ao que é publicado aqui; então o preconceito é contra o nordestino. Outro dia, uma crítica chamada Marilene Felinto escreveu sobre um livro de Nelson de Araújo. Não tendo mais o que dizer, afirmou que apesar de nordestino, ele escrevia bem. Em algumas pessoas o preconceito é latente, em outras é ostensivo.

SUÊNIO: E o romance? Quando o senhor estréia?

PÓLVORA: Sempre houve essa cobrança. Estou indo devagar, não sinto desejo intenso de chegar ao romance. O conto tem espaço próprio, mais delimitado. O romance não, ele exige mais *plots*, é aquele rio que corre tumultuado e tem afluentes. Esse rio no momento não me atrai. A condensação é mais desafiadora para mim, entretanto, o meu conto parece estar caminhando para um estuário mais largo de significado.

DALTRO: Tenho percebido menos preconceito do leitor em relação ao conto.

PÓLVORA: É, o gênero está voltando. Acho que se deve em parte ao fato de se tratar de um gênero novo, recente. Ele data de meados do século XIX, com Poe, Maupassant e Tcheckov, que são contemporâneos e foram os grandes estruturadores do gênero.

DALTRO: Gostaria de lhe indagar algo metafísico, filosófico.

PÓLVORA: Desde que você não venha com Céline...

DAMULAKIS: Ele gostar daquele fascista é algo que não consigo entender.

PÓLVORA: Mas você precisa dissociar política ideológica de literatura. Estava brincando, ele é um grande escritor. Lembre-se de *Voyage au bout de la nuit*. Desse jeito, você também não poderia gostar de Ezra Pound, que teve um namoro com o nazismo. Quem pode negar a grandeza poética de Pound?

DALTRO: Não é tão metafísica assim. Sempre vejo a timidez não como serenidade, mas como desespero. Ela paralisa. Qual seria sua filosofia pessoal como conseqüência de sua trajetória?

PÓLVORA: Não gosto do mundo, pelo menos o atual. Não me sinto bem nele. Sinto-me um passageiro canhestro, que viaja forçado, um indesejável. Gostaria de envelhecer entre livros. Talvez num mosteiro, numa biblioteca medieval, numa torre. Gostaria de fazer um pouco o que o Herman Hesse fez: isolou-se numa casa na Suíça, colocou uma placa na porta dizendo: "Vós que bateis na minha porta, não entrai. Essa pessoa que está aqui dentro já viveu, já sofreu e não tem mais o que dizer". Olhem, pode até parecer presunção (não estou me comparando a Hesse), mas sinto grande vontade de isolamento, sobretudo de aproveitar o tempo, que é pouco, está se esgotando. Os grãos estão caindo na parte debaixo da ampulheta.

Ainda bem que existe o amor, com todas as suas facetas. Sem o exercício do amor a vida é impossível. Ainda assim, para se chegar ao amor há que lutar, conquistá-lo. A partir da conquista do amor que devemos ter por nós próprios. Para se chegar a ele é preciso lutar muito. Segurar, então...

# Rachel de Queiroz

A escritora Rachel de Queiroz nasceu em Fortaleza, Ceará, em 17 de novembro de 1910. Seu romance de estréia, *O Quinze*, lançado aos 18 anos, com sucessivas edições, a consagrou como uma das principais representantes da Geração de 30, ao lado de Graciliano Ramos, Jorge Amado e José Lins do Rego. Primeira mulher a ingressar na Academia Brasileira de Letras, em 1977, escreveu, dentre outros, *Caminho de pedras, O galo de ouro, As três Marias, Dôra, Doralina, Memorial de Maria Moura, A casa do morro branco*, além das peças *Lampião* e *A beata Maria do Egito*. Em 1998, lançou o livro de memórias *Tantos anos*. Cronista da revista *O Cruzeiro* por três décadas, é articulista do jornal *O Estado de S. Paulo*. Os seus 90 anos, completados em 2000, foram lembrados pela Academia com uma exposição. Foi casada com o poeta José Auto Cruz Oliveira e, depois, com o médico Oyama Macedo.

SUÊNIO: A senhora é da família do escritor José de Alencar?

QUEIROZ: Sou ligada a ele por vários ramos. A avó dele é minha quinta-avó pelos dois lados. Sou descendente da dona Bárbara, como José também era. Minha bisavó era prima-irmã de José de Alencar. Ela contava episódios de quando o primo José vinha ao Ceará. Ele era deputado e convivia com as primas. Ele lia suas histórias para elas. No final de *O guarani* conta-se que ele acabava a história com todo mundo morrendo na enchente. As primas choraram tanto, que o primo José resolveu modificar para satisfazê-las.

SUÊNIO: Em 1991, quando a conheci, falou que *O Quinze* a persegue por toda a vida. Continua implacável?

QUEIROZ: Continua. Acaba de sair em espanhol. Quase todo mundo que faz tese é sobre ele. Agora com o *Memorial de Maria Moura* aliviou um pouco.

SUÊNIO: Creio que a menina que escreveu *O Quinze*, aos 17 anos, não tinha idéia de que havia um movimento regionalista se insurgindo no país.

QUEIROZ: Sim. Regionalista não digo, porque quem começou o movimento regionalista fomos nós (eu, Jorge Amado, Graciliano Ramos, José Lins, Armando Fontes). Não havia propriamente uma intenção literária, uma organização de grupo. A gente brotou espontaneamente ao mesmo tempo. Éramos todos amigos, mas cada um tinha a sua idéia na cabeça. Não foi uma combinação. Nós nos agrupamos porque éramos idênticos e não ficamos idênticos porque nos agrupamos.

SUÊNIO: Recorda-se como escreveu *O Quinze*?

QUEIROZ: Já contei muito essa história, vou contar pela milésima vez. Já era jornalista, trabalhava no jornal *O Povo*, de Fortaleza. Tive uma congestão pulmonar e espirrei sangue. Naquele tempo (estamos falando de 1929) ter tuberculose era como ter Aids, por isso entrei num regime severo. Morávamos numa casa de campo, onde ainda não tinha chegado a eletricidade. Usávamos... Não sei como é na Paraíba, sua região, mas lá se chamava farol. Era um lampião a querosene. Eu dormia com ele aceso na sala principal da casa. Depois que todos dormiam, pegava o meu caderno, deitava de bruços no chão, aproximava a luz do lampião e escrevia a lápis. Quando acabei, já tinha sarado da suposta tuberculose.

SUÊNIO: Diogo Mainardi, num romance chamado *Polígono das secas*, afirma que "a literatura regionalista glorifica a figura do sertanejo, mitifica-o. A vida do sertanejo é simplória, banal e intelectualmente limitada. A verdadeira literatura não lhe daria atenção".

QUEIROZ: Ainda não li o livro desse rapaz. Mande-o ler os livros do Leonardo Mota e do Cascudo [*Luís da Câmara Cascudo*]. Se ele diz que a literatura dos romancistas cultos, educados, como é o meu caso, é besta... Remeto-o a esses autores para ele ver na verdade quem era o sertanejo.

SUÊNIO: Vê uma predileção da sua obra para a saga, o épico?

QUEIROZ: Não sei. Quando mocinha, adorava romances de cavalaria... *Terra e fogo*, *O dilúvio*... Mas não sou do épico. Meus autores prediletos são anti-épicos: Dostoiévski e Machado de Assis. Que não saia isso, senão serei apedrejada, mas acho *Os sertões* [*de Euclides da Cunha*] chatíssimo. Nunca consegui ler todo.

SUÊNIO: Ele não teria influenciado a literatura de 1930?

QUEIROZ: Concordo com tudo que se diz de bem sobre *Os sertões*, é uma obra-prima e tal, mas a leitura é cansativa.

SUÊNIO: Que diferenças vê entre o sertão dos anos 30 e o de hoje?

QUEIROZ: O sertão empobreceu terrivelmente porque de 1970 para cá houve uma sucessão tremenda de secas, de forma que o sertanejo continua a emigrar. O sertão está empobrecido de mão-de-obra, de iniciativas. O açude Quixadá, por exemplo, feito por D. Pedro II, luxuoso, a parede toda revestida de mosaico, está seco.

SUÊNIO: Falta uma política rural da parte do governo?

QUEIROZ: É muito difícil o governo fazer qualquer coisa que não seja grandes obras. A transferência de rios talvez operasse o grande milagre, como foi feito na Califórnia. Lá virou o celeiro dos Estados Unidos e quase do mundo.

SUÊNIO: Moacir Werneck[9] conta que a senhora o incentivou a atuar na crítica, uma vez que só tínhamos na época críticos católicos sectários.

QUEIROZ: O Moacir é um grande talento, tem um ótimo senso crítico, lê muito e eu esperava que ele fosse um grande crítico da nossa literatura. Tem gosto, mas parece que é muito preguiçoso.

[9] Cf. *Mário de Andrade: exílio no Rio*, de Moacir Werneck de Castro (Rio de Janeiro: Rocco, 1989).

SUÊNIO: Abandonou a crítica literária?

QUEIROZ: Nunca fiz. Posso fazer comentários sobre um livro que me agradou. Quando não me agrada, fico quieta.

SUÊNIO: Sente saudades da seção "Última página" que tinha na revista *O Cruzeiro*?

QUEIROZ: Foi um cativeiro. Trinta anos, de 1945 a 1975. Tudo tem seu tempo, já era a hora de acabar. Mas estou na mesma escravidão. Escrevo uma coluna para o *Estado de S. Paulo*, que é reproduzida para *O Globo* e mais oito jornais do país.

SUÊNIO: Como eram suas relações com Assis Chateaubriand?

QUEIROZ: Ótimas. Nunca convivi, mas como patrão sempre foi correto, nunca me fez censura política. Depois que morreu, os *Diários Associados* degringolaram e deixaram de pagar.

SUÊNIO: O jornalismo ajudou a sua literatura, ou recorreu a ele apenas como um meio de sobrevivência?

QUEIROZ: Ao contrário. Sinto-me profissionalmente jornalista, afinal de contas desde os 18 anos nunca se passou uma semana sem que eu escrevesse para jornal. Os livros são esporádicos. Levo quinze, vinte anos sem escrever um. Considero-me jornalista profissional e romancista amadora.

SUÊNIO: Sente falta da efervescência que havia quando chegou no Rio?

QUEIROZ: Cada tempo tem a sua idade. Vendo historicamente, em 1929, 1930 até 1932, quando era comunista e depois briguei com o partido. Éramos trotskistas, mas muito mais *light*. A vida literária era menor, mas era muito gloriosa. Havia o Xavier, o Aristides Lobo, eventualmente o Mário de Andrade, quando estava aqui no Rio. Depois fui para Maceió, onde perdi minha única filha. Com a perda dela, fui para o Ceará, passei cinco anos lá e escrevi dois romances. Em 1939, com *As três Marias* pronto, voltei para o Rio, onde o lancei, e fixei-me aqui. Encontrei a roda do Moacir e do Carlos Lacerda. Já tinha o meu próprio grupo: o Graciliano, o José Lins... A gente se dizia amigos de infância.

Graciliano tinha uma brincadeira comigo porque ele nasceu no mesmo ano que minha mãe, 1893. Quando brigávamos ele dizia: "Você me respeite. Lembre-se que eu podia ser sua mãe!" [*risos*] Sempre fui muito grupalista com meus amigos.

SUÊNIO: Há um episódio inusitado sobre Graciliano Ramos. É verdade que ele jogou os originais de *Angústia* no lixo?

QUEIROZ: Essa história é verdadeira. Ele alugou com a Heloísa uma casa em Maceió, onde eu já tinha morado. Ele gostava de dizer que escreveu *Angústia* movido a cachaça. Passava a noite bebendo e escrevendo. Com aquela neurastenia dele, quando a gente pedia notícias do livro, ele dizia: "Palhada, palhada. Só tem palhada!". Às vezes a gente conseguia, com muita adulação, ler aquela letrinha perfeita dele. O José Lins dizia que era feita numa máquina de costura. Um dia, a Heloísa me telefona e diz que o Graça tinha jogado fora o livro. Disse que era uma porcaria e jogou fora. Ele escrevia em folhas soltas. Corri lá e fomos procurar numa lata de lixo no quintal. Entre cascas de manga e lixo de cozinha, estava jogado o manuscrito. Nós limpamos e organizamos o livro.

SUÊNIO: Rachel de Queiroz salvou *Angústia*?!

QUEIROZ: Achamos, limpamos e guardamos o livro. Chamamos o Graça e passamos a maior descompostura nele. Esse ano em Maceió foi curioso. Havia Graciliano, diretor da instituição pública; José Lins, fiscal do imposto de renda; Alberto Passos Guimarães; Jorge de Lima; Aurélio Buarque de Holanda, professor; Arnon de Mello, avô do ex-presidente Collor; Valdemar Cavalcante, etc. Éramos muito amigos, encontrávamo-nos todos os dias. Eu era a única moça que freqüentava aquela roda de cafezinho. Nesse dia, quando achamos o livro, denunciamos a iniqüidade que o Graça tinha cometido. O José Lins, muito sem-vergonha, espalhou a história de que ele pegou os originais, enrolou num papel impermeável, procurou uma latinha limpa, pôs uns matinhos em cima e pediu a Heloísa para ligar para mim. Graciliano tinha ataques histéricos com essa história. [*risos*]

SUÊNIO: Uns liam os livros dos outros?

QUEIROZ: Líamos, criticávamos. Quem estava escrevendo nessa roda era o José Lins e o Graciliano. A morte da minha filha me impediu. Estava muito ferida.

SUÊNIO: Que livro a senhora destaca da obra de José Lins do Rego?

QUEIROZ: Ingratamente não pego na obra dele há muito tempo, mas o que o manterá na eternidade é *Fogo morto.*

SUÊNIO: *As três Marias* foi resenhado por Mário de Andrade.

QUEIROZ: Era muito amiga dele, agradeci muito, mas sou uma pessoa de coração humilde e sei tirar os descontos dos entusiasmos da bondade e gentileza dos amigos.

SUÊNIO: Quando se aproximou dele e de Pedro Nava?

QUEIROZ: Isso ocorreu em 39. Havia uma espécie de salão literário em Ipanema, onde nos domingos todo mundo se encontrava, os estrangeiros ilustres apareciam, era um ambiente agradabilíssimo. Pedro Nava foi quem me apresentou a meu futuro marido, Oyama. Nava era o chefe dele no hospital Carlos Chagas. Nava era meu primo e, como estava separada do meu primeiro marido – nessa época as senhoras não andavam sozinhas, não entravam em restaurantes – e ele era solteirão, foi o meu escorte. Acompanhava-me a toda parte. Depois casei-me, mas continuamos amigos até ele morrer. Suicidou-se estupidamente.

SUÊNIO: Há uma versão que aponta o homossexualismo como causa do suicídio, ou melhor, que alguém estava chantageando-o para tornar isso público.

QUEIROZ: Parece-me que com a morte dele a coisa se tornou pública. Há uma tese de uma moça que aponta essa versão. Nós, os amigos deles, podíamos ter uma leve desconfiança disso, principalmente porque ele se confessa demais nos últimos livros, mas na nossa convivência de mais de 40 anos nunca se abordou esse assunto. Ele era casado... De forma que, se alguém suspeitava, nunca um passou para o outro.

SUÊNIO: Especula-se muito nesse sentido também sobre Mário de Andrade.

QUEIROZ: Mário era mais aberto do que o Nava. O Nava era fechadíssimo. Falava de liberdade sobre, mas o caso dele, a pessoa dele era o contrário. Tinha paixões atribuídas a senhoras, moças. Havia uma Ruth que ele amava desesperadamente.

SUÊNIO: Mário de Andrade era mais aberto?

QUEIROZ: Bem, ele não tinha amigas, namoradas, não falava em namoradas. A amizade dele com os rapazes era muito mais aberta. A briga dele com o Oswald se deve a isso, porque virou piada em São Paulo. Ele bebia e... Agora publicou-se algo sobre a briga dele com o Carlos Lacerda, onde o autor implica relações homossexuais de Mário com alguns rapazes e tal.

SUÊNIO: Ele chegou a conversar sobre isso com a senhora?

QUEIROZ: Imagina, meu filho... Nem comigo nem com ninguém. Era um tema completamente tabu. Mas eu tive coragem de falar sobre isso nas minhas memórias.

SUÊNIO: Como se define politicamente hoje?

QUEIROZ: Sou uma doce anarquista. Há muitos anos, desde que mataram o camarada Trotski, deixei de ter posição política de esquerda. De direita, jamais. Na verdade, sou uma democrata. Peço que apareçam bons presidentes. Quero que o povo governe bem, mas não tenho parte com política partidária.

QUEIROZ: Por que rompeu com o Partido Comunista?

SUÊNIO: Essa história também já contei até no programa do Jô. Eles tentaram censurar o João Miguel, queriam que eu revertesse toda a história. Nela, o campesino mata o burguês. Eles queriam que o burguês matasse o campesino. Eu disse então que não reconhecia autoridade neles para isso e brigamos. Isso foi em 1932. Já estava farta da estreiteza, da burrice stalinista. Foi uma liberação. Continuo democrata, mas me desiludi completamente com o PC. Com a morte do camarada Trotski, perdeu-se o sentido, porque dividiu-se em várias facções e me desinteressei completamente pelas esquerdas.

SUÊNIO: Há um certo patrulhamento...

QUEIROZ: As esquerdas me patrulham muito porque fui amiga pessoal e prima do presidente Castelo Branco. Realmente, durante o governo dele eu achei que tudo estava muito certo. Agora, quando o Castelo foi virtualmente deposto pelo Costa e Silva, desinteressei-me pelos governos militares, com os quais só tive relações de potência para potência. Nunca fui ao palácio, nem na época do Castelo Branco. De forma que me acusam de ter cooperado com o governo militar, mas foi unicamente da derrubada de Jango até a saída do Castelo.

SUÊNIO: Não concordava com o que os militares faziam?

QUEIROZ: Como também não concordava com a guerrilha, que achava tudo bem. Aliás, não concordava com ninguém. Foi sacrificada tanta vida jovem, morreu também muito soldado. Ninguém faz guerrilha de um lado só. Os soldados foram para lá porque eles estavam armados e dispostos ao combate. Uma pena tantos jovens morrerem por idealismos.

SUÊNIO: A que atribui a falta de rumo da esquerda?

QUEIROZ: Estive na Alemanha Oriental logo após a derrubada do muro e vi que a parte oriental virou terceiro, quarto mundo da miséria, do atraso. Sou muito pessimista, não acredito na humanidade. Acho que isso começou com Caim e Abel.

SUÊNIO: Arrepende-se desse engajamento?

QUEIROZ: Não. Todo jovem é generoso e a doação a um partido é um ato de generosidade.

SUÊNIO: Vê aproximações entre a sua trajetória política e a de Jorge Amado?

QUEIROZ: Não. O Jorge, que não era comunista no início, foi um aliado incondicional de todos os crimes do stalinismo. Hoje, renega os muitos livros que escreveu naquela época[10]. Quando fez 80 anos [*1992*], escrevi um artigo falando porque ele rompeu

[10] A escritora se refere aos livros *Os ásperos tempos*, *Agonia da noite* e *A luz no túnel*, reunidos por Jorge Amado no livro *Os subterrâneos da liberdade*, proibido de se publicar.

conosco. A evolução política do Jorge não teve nada a ver comigo. Ele saiu do Brasil na época em que era verdadeiramente comunista, foi para Paris, criou vínculos e se ligou ao PC francês. Logo depois, ganhou o Prêmio Stalin de Romance.

SUÊNIO: Foi ligada ao presidente Getúlio Vargas?

QUEIROZ: Tive o cuidado de em toda a existência do Getúlio não cruzar pessoalmente com ele. Certa vez, estava na editora José Olympio com o meu ex-editor. Ele gostava de Getúlio, era getulista. Entrei na livraria, vi um tumulto e soube que era o Getúlio. "Tem Getúlio aqui hoje? Então, adeus!", falei em voz alta. Nunca vi o Getúlio em pessoa.

SUÊNIO: Ainda o vê como um ditador?

QUEIROZ: De 1937 a 1945 ele foi um ditador. Mataram muita gente. Como todos sabem, fui presa várias vezes.

SUÊNIO: E Juscelino Kubitschek?

QUEIROZ: Hoje vejo com mais condescendência. Ele me irritava um pouco com aquelas promessas. Construiu Brasília para ser a nossa Las Vegas...

SUÊNIO: Crê numa literatura feminina?

QUEIROZ: Não. Creio numa literatura feminina no sentido de que o ser feminino se manifesta diferente do ser masculino. Uma mulher pode escrever o maior livro do mundo, como a Emily Brontë. Para mim, é uma questão de alma. Você pode encarar uma situação com os olhos de mulher e não de homem. Há homens de temperamento feminino. A obra de Proust, por exemplo, poderia ser toda escrita por uma mulher.

SUÊNIO: Que escritoras ressaltaria?

QUEIROZ: Minha deusa sempre foi a Emily Brontë. Gosto muito daquelas inglesas velhas, como a Jane Austen, escritoras do começo do século XIX. Sou muito ligada a elas, mas como escritora não sei.

SUÊNIO: Prefere escritores introspectivos ou não?

QUEIROZ: Não gosto de rótulos. Introspectivo ruim eu não gosto, bom eu gosto. Gosto do que é bom, do que me fala à alma.

Adoro Saramago, aquele manejamento que ele faz com a língua portuguesa é uma das melhores coisas da atualidade.

SUÊNIO: Duas escritoras: Clarice Lispector e Virginia Woolf.

QUEIROZ: Uma grande mulher que eu admirei muitíssimo. A Virginia era um pouco a inspiradora da Clarice.

SUÊNIO: Foi a primeira mulher a entrar na Academia de Letras do Brasil. De lá para cá, Dinah Silveira de Queiroz, Lygia Fagundes Telles e Nélida Piñon. Não são poucas?

QUEIROZ: Há mais homens que escrevem ou que têm poder, agressividade, relações... Maria Alice Barroso, Ana Miranda... Podiam ter umas dez mulheres lá dentro. Precisamos entrar numa ofensiva. Nunca fiz política lá, talvez por isso tenha sido a primeira, porque nunca amolei ninguém.

SUÊNIO: Dinah Silveira de Queiroz fez campanha para a senhora.

QUEIROZ: Ela chegou a impetrar mandado de segurança, bobagem porque a academia não é órgão público. Adorava-a. Era casada com um primo-irmão meu.

SUÊNIO: Foi convidada várias vezes para ser ministra e nunca aceitou?

QUEIROZ: Respondi ao Jango, o primeiro a me convidar, que não nasci para ser mulher pública. Nunca tive interesse por cargos públicos.

SUÊNIO: O que acha das adaptações da sua obra?

QUEIROZ: As *três Marias* eu reneguei. Tive até uma briga com o doutor Roberto [*Marinho*], queria que parassem. Foi um horror. Quanto à minissérie *Maria Moura,* digo ao Manga que eles leram o livro, acharam muito ruim e fizeram outro. A adaptação não foi feliz em muitas coisas. Eles contrataram atores do Rio Grande do Sul. Era tudo "gauchês", mas os cenários eram bonitos e a gente tem de levar em conta que televisão e cinema são dois veículos completamente diferentes da literatura.

SUÊNIO: Há uma adaptação de *Dôra, Doralina* feita pelo ator Perry Salles. Sabe-se que a senhora não gostou.

QUEIROZ: Foi tão ruim que ninguém nunca mencionou, acho que nem foi exibida. Foi um equívoco. Perry não era diretor. Coitadinho, vendeu o apartamento para fazer esse filme, mas na verdade ele não era diretor.

SUÊNIO: *O galo de ouro* foi escrito para pagar uma viagem?

QUEIROZ: Na época, meu editor Leão Gondim tentava me seduzir com um romance de folhetim. Ele soube do nosso desejo de fazer uma viagem para a Europa e falou, "você viaja e quando voltar, escreve". Aceitei, e quando retornei, fiz *O galo de ouro*, passado na Ilha do Governador, onde morava.

SUÊNIO: É católica?

QUEIROZ: Não, não tenho religião, o que acho uma pena.

SUÊNIO: Mas a sua casa é repleta de santos e imagens sacras e a religião é um dado importante à compreensão da sua obra.

QUEIROZ: Gosto dos antigos, acho muito bonitos. Estes [*aponta para vários santinhos afixados na parede*] têm mais de cem anos. Não sou religiosa, mas não sou atéia. Acho uma grande pobreza não ter uma fé.

SUÊNIO: Essa ausência de religião passa por uma crítica à Igreja Católica?

QUEIROZ: Não. Brinco um pouco com os padres de passeata, políticos, marxistas, sou um pouco contra, mas não tenho posição contrária à Igreja. Ao contrário. Tenho grandes amigos com fé.

SUÊNIO: Como situaria os diferentes trabalhos que exerceu, como jornalismo, teatro e tradução?

QUEIROZ: Não escrevo porque gosto de escrever, mas porque preciso. Ainda hoje o jornalismo e os direitos autorais me dão a maior parte. Tive muita vontade de fazer teatro, fiz duas peças que foram premiadas, mas não fiquei satisfeita com o resultado. Nélson Rodrigues dizia: "Você é idiota, tem de se meter na coxia do teatro!", mas isso não fazia parte de mim. Então desisti. Traduzi algumas coisas por puro amor. Dostoiévski, por exemplo; foi uma aventura difícil traduzir *Os irmãos Karamazovi...*

SUÊNIO: Nessa época, Mário Quintana também foi um exímio tradutor.

QUEIROZ: Quintana sempre morou no Rio Grande, aparecia no Rio eventualmente. Não tive nenhum convívio com ele, o que lamento, porque era muito interessante e inteligente.

SUÊNIO: Conhece um escritor de Aracajú chamado Francisco Dantas?

QUEIROZ: Não. De uns seis anos para cá, tive vários descolamentos na retina. Leio hoje muito limitadamente, basta dizer que uso uma lupa. Estou um pouco atrasada com os novos.

SUÊNIO: Fico me perguntando como conseguiu, após tanto tempo afastada do sertão, escrever um romance como o *Memorial de Maria Moura.*

QUEIROZ: Quem lhe disse que eu saí?! Quem lhe disse?! Todos os anos... Meu marido era goiano, era apaixonado pelo sertão. Aposentou-se logo, para todos os anos a gente ir para o Ceará passar o nosso chamado inverno lá. Íamos em fevereiro e voltávamos em agosto. Gosto muito do Rio, mas não me sinto daqui.

SUÊNIO: Imagino que deve ter sofrido muitas perdas.

QUEIROZ: É o grande mal de a gente viver muito. Bem, novas amizades vão surgindo. Se você morasse aqui, ficaria sendo meu amigo, de vez em quando vinha tomar um uisquinho comigo. Éramos os três mosqueteiros inseparáveis: eu, o Adonias Filho e Octávio de Faria. A gente se telefonava dez vezes por dia e a minha sorte era que meu marido gostava muito deles. Perdi o Octávio, o meu marido, o Adonias, José Lins, Graciliano; lá na Academia já morreram tantos... O grande terror de envelhecer é a derrubada que se faz ao seu redor.

SUÊNIO: Falou em Adonias Filho e Octávio de Faria. Ambos são bons escritores, mas nunca foram lidos, como Jorge Amado, por exemplo.

QUEIROZ: O Jorge teve as máquinas dos partidos políticos e da esquerda internacional, que lhe deram expansão. Graciliano, que também era comunista, mas não se expôs como o Jorge, foi o maior de todos nós. A crítica vê isso. A propaganda, não. Não há mais crítica literária. Foi uma função literária que desapareceu. O único sobrevivente é o Wilson Martins, que graças a Deus fez as pazes comigo: disse que abandonei o romance de 1930, que ele abomina, e está gostando muito. Ele adorou a *Dôra, Doralina* e a *Moura*.

SUÊNIO: Concorda com ele?

QUEIROZ: Bem, há saltos consideráveis. *As três Marias* fiz em 1929; *Dôra, Doralina*, em 1975 e depois o *Memorial de Maria Moura*, em 1992. Quando me perguntam pelo próximo, peço para esperarem quinze anos. [*risos*]

SUÊNIO: Por falar em *Dôra, Doralina*, gosta de circo?

QUEIROZ: Adoro, mas aquele circo que aparece na *Dôra* foi uma viagem que fizemos durante a guerra por terra no Ceará. Fizemos a descida do Rio São Francisco e lá havia uma companhia de circo mambembe.

SUÊNIO: É uma constante na sua obra a pessoa comum, simples.

QUEIROZ: A pessoa comum, cotidiana. Nunca tive um herói, uma heroína. A Maria Moura de certa forma é, mas as proporções são limitadas. Interessa-me o humano, eu, você.

SUÊNIO: Há algum tempo mudou de editora. Está na Siciliano. Foi conquistada pelo editor Pedro Paulo Senna Madureira?

QUEIROZ: A José Olympio entrou em colapso profundo com a morte dele. E eu não podia continuar nessa incerteza, tenho uma obra numerosa. A minha agente literária então me pôs em leilão, e quem me deu melhores luvas foi o Pedro Paulo, com quem estou me dando muito bem.

SUÊNIO: E a velhice?

QUEIROZ: Um negócio que não tem saída, não tem cura, deforma... Detesto! A gente vai ficando burro, esquecido. Essa história de terceira idade, eu tenho a maior antipatia. Com a velhice, a morte passa a ser nossa companheira esperada. Se ela chegasse agora, ia ser chato para você, que não acabaria sua entrevista. [*risos*] Para mim, ela é heróica.

SUÊNIO: Assistiu aos principais eventos do século XX. Como é que vê o final dele?

QUEIROZ: Com a mesma perplexidade com que vocês, os jovens, vêem. Rezando para dar certo, mas com um medo danado de não dar.

SUÊNIO: Quando é que saem suas memórias?

QUEIROZ: Esse é um capítulo muito complicado... Minha irmã Maria Luisa foi quem fez a coleta dos depoimentos, botando-me para falar no gravador[11]. Como nunca quis escrever, ela inventou de gravar, e acabei desenvolvendo o mesmo horror por gravar. Se dependesse de mim, não tinha saído nunca. Minha vida não interessa, não me acho interessante.

SUÊNIO: Uma palavra para quem pensa em ser escritor.

QUEIROZ: Como todo dom, corre o risco de ser reconhecido ou não, mas a vida não é um risco? Se for realmente um escritor, ele escreverá.

SUÊNIO: Com uma boa dose de técnica?

QUEIROZ: Técnica a gente adquire. Um livro que você escreveu quando tinha 18 anos e um livro escrito aos 40, 60, 80 muda como a letra. Há uma diferença real.

SUÊNIO: Um avanço?

QUEIROZ: Um polimento. O seu senso crítico aumenta. Inclusive, isso é um troço que me faz brigar com meus editores. Hoje não tem editor que me deixe fazer uma revisão. Não tenho direito a revisar nada.

SUÊNIO: É insatisfeita com a sua obra?

QUEIROZ: Não sou minha admiradora, não me acho essas coisas. Têm piores, mas têm muitos melhores. Sou mais talentosa como cozinheira.

SUÊNIO: Não escreve da mesma forma como cozinha?

QUEIROZ: Não, cozinho muito melhor. Cozinheira eu desafio.

SUÊNIO: Olha que apareço aqui qualquer dia. [*risos*]

QUEIROZ: Venha mesmo. Adoro cozinhar.

---

[11] A escritora se refere ao livro *Tantos anos,* lançado em 1998.

# AFFONSO ROMANO DE SANT'ANNA

Poeta, crítico e professor de literatura, Affonso Romano de Sant'Anna nasceu na cidade do Rio de Janeiro em 1938. Ocupou a presidência da Fundação Biblioteca Nacional no período 1990 a 1996. É autor, dentre outros, de *Canto e palavra*, *Poesia sobre poesia*, *A grande fala do índio guarani perdido na história e outras derrotas*, *O canibalismo amoroso* e *Que país é este?* É casado com a escritora Marina Colasanti.

SUÊNIO: No caso da literatura, acha que faltam dinamismo e preparação por parte dos professores para estendê-la a um público leitor maior?

ROMANO: Os problemas são muito diversificados. Temos que melhorar os recursos humanos, que são os professores. Um professor que não lê não vai convencer nenhum aluno. Nos programas que tenho visto da Petrobrás, como o "Leia Brasil", muitos professores de secundário contam a sua conversão à leitura. Estamos fazendo um trabalho de catequese junto aos professores. Também trabalhamos fora da área escolar: a biblioteca de Brasília, chamada Biblioteca Demonstrativa, dirigida por Conceição Sales, realiza no presídio da Papuda um belíssimo trabalho de leitura junto aos presos, que já começaram a ler muito mais, assim como a escrever. É um trabalho ciclópico que se irradia em várias direções[12].

SUÊNIO: Já foi obrigado a ler autores que não gostasse?

ROMANO: Já. Na escola você tem de ler. Os considerados autores clássicos em geral não são agradáveis de serem lidos: são autores para serem estudados ou lidos com prazer.

[12] Na época, o autor presidia a Fundação Biblioteca Nacional.

SUÊNIO: Quando descobriu a poesia, e quais foram os poetas que o senhor leu?

ROMANO: Há duas maneiras de responder à sua pergunta. Conscientemente, por volta dos 14 anos lembro que comecei a ler Castro Alves, o que aliás explica a afinidade com uma série de poemas meus. De maneira mais implícita, minha formação protestante me influenciou no momento em que li a *Bíblia*. Ela é um texto literário, isso soprou no meu ouvido.

SUÊNIO: Qual seu primeiro texto, e quem o leu?

ROMANO: Difícil lembrar do primeiro texto assim. Escrevia piadas, talvez pelo fato de eu estar no colégio lendo os modernistas. Quem me estimulou muito na adolescência foi Carlos Santana, que me apresentou a Carlos Drummond de Andrade. Tenho duas crônicas narrando esse encontro.

SUÊNIO: Escondia seus escritos?

ROMANO: Sim. Escrevia num caderno de trás para frente para ninguém perceber que tinha algo escrito. Depois você começa a publicar em jornal, e aí fica exibindo tudo. Escrevia como se fosse um diário, uma coisa convencional, porque a poesia no fundo é isso.

SUÊNIO: Participou de um período de grande vitalidade cultural do país com a publicação *Violão de rua*, distribuída na Estação da Central do Brasil, no Rio.

ROMANO: Olhando hoje, aquele cenário pode parecer ingênuo e absurdo porque era um período de grande agitação ideológica. O mundo estava dividido em dois. A história tinha uma direção marxista, o paraíso dialético era inevitável, os capitalistas estavam fadados ao fracasso histórico, e os anos 60 foram os anos da juventude. Ser jovem era uma verdade estética. Isso explica o aparecimento dos Beatles, de toda uma filosofia que sustentou o poder jovem. Como o país havia encontrado uma vocação histórica, achava-se que com as reformas de João Goulart podia-se dar um salto em direção ao socialismo, distribuir riquezas e produzir uma sociedade mais confortável. Tudo muito bonito, mas que resultou num grande equívoco. João Goulart não era nenhum revolucionário, as propostas de reforma eram utópicas e mal elaboradas, feitas por pessoas sem nenhum traquejo administrativo e visão histórica conseqüentes, e isso fez com que desembocasse num período áspero da História do Brasil.

SUÊNIO: Quando conheceu e o que acha da poesia concreta?

ROMANO: Acho uma poesia já tombada pela História, que teve o seu papel, sua importância, sobretudo nos anos 50, até princípio dos 60, e depois foi superada pela transformação normal da poesia brasileira, que (re)achou o discurso, o poema longo. Voltou a ter poema em prosa.

SUÊNIO: Quando percebeu isso?

ROMANO: Como já disse certa vez, num certo momento a poesia brasileira evoluiu com o concretismo; em outro, ela teve que evoluir apesar do concretismo.

SUÊNIO: E a polêmica que envolve os irmãos Campos e Ferreira Gullar?

ROMANO: Já foi totalmente superada. Entram questões pessoais, ideológicas, culturais, religiosas e outras, como a disputa entre Rio de Janeiro e São Paulo.

SUÊNIO: Além de poeta, tem exercido papel de crítico com análises de romances. Acha importante essa visão da crítica para fazer poesia?

ROMANO: Não necessariamente. Há poetas que só têm escrito poesias e se saem muito bem. Para mim foi importante porque como jornalista, crítico de jornal, professor, isso me abriu muito as perspectivas. Por outro lado prejudicou-me muito porque, como crítico, teoricamente você é obrigado a saber de tudo, e na hora de escrever, você esquece.

SUÊNIO: Nenhum desses papéis sufoca o exercício de fazer poesia?

ROMANO: É o que estou dizendo. Tenho inclusive um livro chamado *Poesia sobre poesia*, que é uma grande catástrofe sobre essa opressão do professor e do crítico sobre o poeta, no qual faço minha revolução, minha semana de arte moderna pessoal, tentando exorcizar o poeta que estava sendo conduzido ou sufocado pelo crítico e pelo professor. Esse é um livro de leitura áspera, mas é didático porque reflete o que foi a poesia nos anos 50 e 60 no Brasil. A chamada poesia de vanguarda, com uma consciência crítica desesperada, arruinou dezenas de poetas do Brasil. Se não tivessem se aproximado tanto dessa chama não teriam se queimado quando produzissem alguma coisa mais útil.

SUÊNIO: Poderia falar algo sobre Clarice Lispector?

ROMANO: Também está narrado em minhas crônicas. Era uma pessoa admirável, que hoje já pertence às literaturas francesa e americana. Nasceu pronta. Vários contos que escreveu quando tinha 14 anos de idade foram aproveitados em *A legião estrangeira*. Tenho muitas histórias sobre ela.

Uma vez fomos a um Encontro Nacional de Críticos Literários na PUC, ocorrido em 1973 ou 74. Era diretor do departamento de Letras. Havia pessoas do país inteiro. Ela ficou sentada ao lado da escritora Nélida Piñon. Começou um debate entre Luiz Costa Lima e José Guilherme Merquior, no qual este explicava ao Luiz a origem de uma série de teorias do próprio Costa Lima. Era uma discussão rarefeita. Clarice levantou, fez um certo ruído e saiu. Mais tarde, telefonei para a casa dela e perguntei o que havia acontecido. Ela disse: "Aquela discussão, aquelas pessoas falando coisas que ninguém entendia, foi me dando uma fome, Affonso. Fui para casa e comi um frango inteiro". [*risos*]

SUÊNIO: Tem participado ativamente na mídia, como fez na morte de Tancredo Neves. Acha importante a absorção de outros meios para a divulgação da poesia?

ROMANO: Minha participação na mídia me deu muita dor de cabeça porque, falando claramente, ao mesmo tempo em que o público gostava e se manifestava abertamente, alguns escritores se irritaram muito. Alguns talvez porque gostariam de ter sido convidados para isso, outros porque até foram convidados e não tiveram a coragem de produzir textos para a mídia. Realmente você tem de produzir em condições muito difíceis. Eles te dão o tema, você tem de produzir um texto/poema para um minuto e tem também de acoplar a uma imagem. Tem de fazer isso em meia hora, quarenta minutos, como fiz várias vezes após a Copa de 1986. Isso não é literatura, é uma experiência textual, como letra de MPB, que não tem de ser poesia necessariamente. É um novo gênero literário que tive a coragem de exercitar, e reúne imagem, som, palavra e jornalismo.

SUÊNIO: Há uma certa disputa nessa relação da mídia com a poesia. Fala-se muito que poetas como os irmãos Campos e outros teriam a preferência da mídia.

ROMANO: Isso é óbvio. São Paulo literariamente é uma província. Fala-se que o Rio é mais cosmopolita e é mesmo. As pessoas aqui têm a cabeça mais aberta. O controle, voluntário ou não, que eles acabaram exercendo sobre a *Folha de S. Paulo* e a *Veja* é evidente. Claro que eles podem não ter agido diretamente, mas seus subalternos, os subconcretos, que não adicionam nada ao que foi feito, fazem um cordão sanitário de proteção ao seu ídolo.

SUÊNIO: Essa falta de divulgação aconteceria com poetas como Ferreira Gullar e Manoel de Barros?

ROMANO: São muito divulgados no Brasil inteiro. Há mais de 15 anos que não sai nada meu na *Folha* nem na *Veja*, por pura polícia literária.

SUÊNIO: Além de Castro Alves, que outros poetas o teriam influenciado?

ROMANO: Tenho um poema chamado "Sou um dos novecentos e noventa e nove poetas do país". Falo que todos os poetas exerceram influência sobre mim. As pessoas, quando falam de influências, gostam de citar Homero, Shakespeare, o que é mentira. A má literatura tem um valor muito grande porque te ensina como não fazer.

SUÊNIO: O que chama de má literatura?

ROMANO: É a chamada paraliteratura. A pessoa não consegue decolar: faz paráfrase, ao invés de fazer uma obra literária mais pessoal; escreve-se de ouvido.

SUÊNIO: O que acha desses dois poetas contemporâneos que mencionei: Ferreira Gullar e Manoel de Barros?

ROMANO: Gullar é um grande poeta. Ele tem uma coisa ígnea, que está nos seus poemas. É um dos grandes poetas brasileiros, não há dúvidas. Tem um lado meio irregular, que é a parte onde entra o período de *Violão de rua*. Manoel de Barros é um bom poeta, mas tem um risco. Parece-me muito um parafraseador do Guimarães Rosa. Ele se perde nos jogos que ficam mais literários que propriamente poesia. Ele descobriu uma maneira roseana, que se perde muito nos jogos.

SUÊNIO: Acha que o poeta é um ser deslocado nesta passagem de século?

ROMANO: Não. Isso é folclore. O primeiro livro que escrevi, *O desemprego do poeta*, é um ensaio sobre como o poeta é deslocado na História. Era uma constatação objetiva no sentido de que durante o romantismo o poeta exercia uma série de papéis, que hoje não exerce mais. Victor Hugo, como Castro Alves, eram pessoas públicas – jornalistas, psicanalistas do povo, sociólogos, eram tudo. Hoje a figura do poeta está reduzida a um espaço menor. Isso foi agravado com a arte moderna, que se tornou dispersa, compacta. E o artista começou a falar com outro artista, quando fala. Às vezes não consegue nem falar consigo mesmo. Nesse sentido, a literatura (o poema) se afastou do diálogo com o público.

SUÊNIO: O que se faz hoje é uma literatura de gueto, é isso?

ROMANO: Depende. Tem literatura de todos os tipos, como sempre. Hoje tem a literatura esotérica, no sentido mais amplo do termo. Em 1976 escrevi um livro exigindo que as universidades estudassem o *best-seller*. Não adianta querer amaldiçoá-lo. Não estou insinuando que quem ler é um super dotado, mas o que eu quero ver é o professor estudar o *best-seller* e explicar porque ele funciona e porque não é literatura.

SUÊNIO: Já leu *best-sellers*?

ROMANO: Já. É um desafio. É muito fácil pegar um Machado de Assis, José de Alencar e mostrar. Li Agatha Christie, Malba Tahan, Paulo Setúbal e até Paulo Coelho.

SUÊNIO: O que acha da literatura de cordel?

ROMANO: Aquilo que todo mundo já falou. É uma matriz geradora de cultura no Brasil, que funciona autonomamente ou pode funcionar com a aliança literária, quando cai na mão de um Ariano Suassuna ou de João Cabral de Melo Neto.

SUÊNIO: Quando escreve, pensa no efeito que pode causar nas pessoas?

ROMANO: Poesia não. Penso no efeito que está causando em mim. Claro que você tem consciência que está articulando um discurso, mas esse discurso basta à necessidade de você esclarecer coisas para você mesmo. Quando fiz, por exemplo, um poema chamado "A grande fala do índio guarani", estava resolvendo um quebra-cabeça simbólico, imaginário. Claro que sou meu primeiro leitor; um leitor crítico.

SUÊNIO: Como escreve? Senta e espera ou acredita no estado de graça?

ROMANO: De todas as maneiras. Escrevo em estado de graça. Às vezes baixam umas frases, coisas que podem vir inteiras ou em pedaços; uma voz agitando alguma coisa; isso pode ocorrer. Escrevo ainda sob encomenda e até sem querer; anoto algo, depois descubro que aquilo pode ter interesse. Tem gente que acha que só baixando um espírito; outros, só botando o esquadro e a régua em cima do papel. Escrevo de dez maneiras diferentes.

SUÊNIO: Pessoa dizia que o poeta finge tão somente...

ROMANO: O poeta tende a ser um personagem de si mesmo. Isso é um grande perigo, aí confunde-se neurose com literatura.

SUÊNIO: Já usou a poesia para conquistar alguém?

ROMANO: Não. Mas escrevi poemas depois de alguns impactos emocionais.

SUÊNIO: Ajuda ser casado com uma escritora?

ROMANO: Às vezes. É um outro olhar sob a sua escrita e é uma outra escrita que caminha a seu lado.

SUÊNIO: Acha que a literatura deve ser exercida só por escritores profissionais?

ROMANO: Não. Quem lê Chico Buarque, Paulo Coelho ou Jô Soares não vai deixar de ler Machado de Assis. O que pode acontecer é alguém que lê Machado de Assis desejar ler também Jô Soares. As pessoas que cantam as músicas do Chico e compram os livros dele não vão comprar *Grande sertão: veredas*. Fazem um belo serviço à cultura brasileira. Essa literatura de Paulo Coelho é de utilidade pública, as pessoas precisam disso.

SUÊNIO: É o caso da literatura de auto-ajuda.

ROMANO: Exatamente. Acho legítima. Alguém tem de escrever isso. Todo mundo precisa de ajuda. É bom que alguém ajude. O dramático é o caso da Igreja. Essas pessoas é que precisam realmente de ajuda, que estão dando o seu dinheiro, seu salário, precisam de ajuda para sair dessa arapuca em que se meteram. É impossível ajudar essas pessoas que estão cegas por algo que chamam de fé, e evidentemente não é. É uma cegueira mental.

SUÊNIO: Um recado para quem está pensando em ser poeta.

ROMANO: Continue a pensar. Não é e nunca foi fácil; é uma corrida de longo curso. Pouquíssimos acertaram no princípio, outros terminaram e não acertaram.

## Sérgio
# Sant'Anna

Nascido na cidade do Rio de Janeiro, em 30 de outubro de 1941, o escritor Sérgio Sant'Anna participou do International Writing Program, na Universidade de Iowa, Estados Unidos. Publicou, dentre outros: *O concerto de João Gilberto no Rio de Janeiro*, *Amazona*, *Confissões de Ralfo*, *Notas de Manfredo Rangel, repórter*, *A tragédia brasileira*, *A senhorita Simpson* (que inspirou o filme *Bossa Nova*), *Simulacros*, *Breve história do espírito* e *Um crime delicado*.

SUÊNIO: Vê aproximação entre sua literatura e o realismo fantástico?

SANT'ANNA: Não digo que minha literatura seja totalmente realista, mas não é realismo fantástico. Este é um fenômeno que não funcionou no Brasil. O Brasil tem outra tradição de literatura; esta tradição hispânica não pegou aqui.

SUÊNIO: Há uma sensível mudança entre *Notas de Manfredo Rangel, repórter* e *A senhorita Simpson*.

SANT'ANNA: O que acontece agora é que estou mais velho e maduro. Estou mais rigoroso com a linguagem. *A senhorita Simpson* é um dos livros que mais gosto, é o livro no qual consegui uma maior comunicabilidade, apesar de ser atípico. O que não tenho é aquele experimentalismo meio doidivanas que tinha antes, uma certa irresponsabilidade lingüística. Os tempos mudaram...

SUÊNIO: Mas Sérgio Sant'Anna não é todo atípico?

SANT'ANNA: Espero que sim. Há autores que admiro muito que se caracterizam pela repetição, como é o caso do Dalton Trevisan, excepcional, talvez o melhor do Brasil. Em cada conto que escrevo procuro encontrar uma linguagem nova; cada conto é muito necessário. A maior parte começo e não acabo, perco o interesse. Só libero quando ele traz algo novo.

SUÊNIO: Sua literatura tem de ser provocada por uma necessidade existencial?

SANT'ANNA: Existencial e de linguagem. Cada conto passa a ser um prazer na medida em que encontro uma forma de dizer alguma coisa, mesmo que sejam diferentes, como é o caso de *A senhorita Simpson*.

SUÊNIO: Desse livro, recordo-me de duas histórias: um escritor que recebe um não de um editor, e um operário que tenta o suicídio, respectivamente, os contos "O duelo" e "Um discurso sobre o método". Em ambos há uma preocupação social?

SANT'ANNA: Ela vem naturalmente. Não me preocupo com uma literatura engajada, mas com a verdade, a busca de uma verdade existencial filtrada por mim.

SUÊNIO: A sua literatura me parece otimista.

SANT'ANNA: Não chamaria de otimismo, acho que há um certo humor. Esse humor é uma defesa. Na verdade sou um indivíduo mais ou menos pessimista, deprimido, então tento me defender com humor, o que é uma boa saída. O ser humano ri diante da própria morte. Até gostaria que fosse otimista.

SUÊNIO: Estava em maio de 1968 na França e em 1969 nos Estados Unidos. Essas experiências refletiram no escritor?

SANT'ANNA: Muito. Embora carioca, morei em Belo Horizonte muitos anos, comecei a escrever lá. Meu primeiro livro, *O sobrevivente*, é muito introspectivo, sombrio, de acordo com as influências do lugar. O sentimento mineiro, fechado... Essas experiências me marcaram profundamente. Descobri linguagens que poderiam ser utilizadas na literatura e que nunca tinha usado.

SUÊNIO: Vê com otimismo o futuro do romance?

SANT'ANNA: Sim, há bastante gente escrevendo. Meu futuro de romance é que não sei. Estou tentando fazer um, mas estou sentindo dificuldade. O romance é mais complexo pelo universo que tem de abranger, mas a dificuldade é a mesma do conto.

SUÊNIO: A história só acontece quando está sendo escrita?

SANT'ANNA: Em parte. A escrita pode transformá-la. Sou um escritor muito voltado para minha visão de mundo; gostaria de ter a capacidade de ver o mundo, sair, mas não consigo. Tenho experiências estranhíssimas. Se você me pedir uma descrição da minha própria casa, eu vou descrever como ela está dentro de mim, nada real.

SUÊNIO: A sua geração – Caio Fernando Abreu, João Gilberto Noll, Ana Miranda, João Silvério Trevisan, etc. – está repleta de ótimos escritores, mas sem sucesso junto ao grande público.

SANT'ANNA: O público quer literatura de entretenimento e nenhum desses que você citou faz isso. O público quer histórias, e os nossos livros são mais difíceis, exige do leitor um mergulho maior no seu próprio ser. Sou admirador do João Gilberto Noll. Leio, acho ótimo, inclusive divertido, mas converso com as pessoas e elas acham chato. Para mim não é nem um pouco chato. Na verdade, acho que o escritor escreve para pessoas um pouco iguais a ele. Já caí no gueto, mas isso para mim não é um problema. Não vivo de literatura, faço questão de dizer. Mantenho uma coluna no jornal *O Dia* até para ficar livre para escrever. Se vender mil está bom.

A gente faz não o que quer, mas o que é. Se quiséssemos fazer uma literatura de mercado não conseguiríamos, até porque não haveria competência para isso. Duvido que eu consiga escrever uma novela para a televisão.

SUÊNIO: O escritor melhora ou chega a um ponto em que estaciona?

SANT'ANNA: Depende. Alguns fazem da repetição um valor, como o Dalton Trevisan. Outros procuram mudar sempre. Considero-me assim. As pessoas têm ciclos. Algumas começam na maturidade, outras têm uma juventude brilhante e estacionam na maturidade. O caso mais clássico é o de Rimbaud que antes dos 20 fez uma obra eterna. Tenho receios de estacionar.

SUÊNIO: Todo escritor sonha com a obra-prima?

SANT'ANNA: Acho que sim. Uma obra-prima no sentido que o libertaria até de escrever. Para ele dizer: "Agora acabou, fiz o que tinha para fazer".

SUÊNIO: Não no sentido de venda?

SANT'ANNA: De satisfação pessoal. A venda é aleatória, tanto pode ocorrer com um bom livro quanto com um livro sem valor. Veja Paulo Coelho. Vende absurdamente e não tem grandes preocupações em fazer um trabalho de linguagem. É plágio. Ele pega livros de sabedoria, culturas antigas e o público gosta. Lemos Paulo Coelho como o horóscopo. Ele passa uma mensagem de otimismo para o dia. Até eu leio.

SUÊNIO: O que produz no momento?

SANT'ANNA: Posso adiantar que é a história de um crítico de teatro apaixonado por uma mulher manca. É um fetiche meu[13].

SUÊNIO: Seu texto me remete a Oswald de Andrade, mas sem tanta sátira, sarcasmo e ironia, elementos que ele levava às últimas conseqüências.

SANT'ANNA: Sim, assino embaixo. *Confissões de Ralfo* é o livro que sofre mais influência dele. Sua obra está cheia de imperfeições, mas é uma aula de liberdade importantíssima, principalmente para a minha geração. Ele ensinou que a gente pode tudo. Ele foi fundamental para o Brasil, como Mário de Andrade e o movimento modernista. Nesse momento o Oswald está sendo valorizado, mas ele ficou esquecido um tempão até vir os concretistas, os tropicalistas, o José Celso [*Martinez Correa*]. As artes estão num momento *yuppie*, de mercado.

SUÊNIO: A literatura de Oswald se confundia bastante com a vida pessoal dele.

SANT'ANNA: Sim. Tive bastante isso, mas mudei muito. Casei um monte de vezes, saía muito, era boêmio, mulherengo, aventureiro,

[13] O autor se refere ao romance *Um crime delicado*, lançado em 1998.

mas hoje estou tranqüilo. Vou a Salvador e fico no quarto do hotel lendo... Tenho uma namorada artista plástica; mantemos uma relação tranqüila e monogâmica há três anos. Não dá para você passar dos 50 anos... Somos vizinhos, ela mora na esquina, não preciso nem atravessar a rua; vez ou outra trocamos de casa.

SUÊNIO: Isso não dá um conto?

SANT'ANNA: Daria sim, mas mexer com coisas reais exige uma vigilância, ela pode não gostar. Mas evidentemente, se fosse escrever, não botaria igualzinho, como é, iria acrescentar uns ingredientes, mas que poderiam complicar.

SUÊNIO: As vanguardas tinham uma característica reacionária, castradora?

SANT'ANNA: Eram bastante exclusivistas, sem dúvida. Eram movimentos que procuravam superar e transformar o anterior. Aprendi demais com eles. Para mim, o Haroldo de Campos é uma das maiores culturas brasileiras, como todo o movimento que o cerca.

SUÊNIO: Na entrevista de Gullar, ele tece severas críticas não só aos irmãos Campos, mas às vanguardas, pelo fato de elas enxergarem a cultura anterior como imbecil.

SANT'ANNA: Primeiro, discordo frontalmente das posições dele. Outro dia estive por acaso com ele num jantar. Fiquei um pouco chocado com as idéias estéticas dele, porque criticava qualquer tipo de pintura que fosse conceitual. Então ele é mais restritivo do que o pessoal da vanguarda. Esse pessoal incorporou até uma tradição, pessoas completamente esquecidas como o Sousândrade, o Gregório de Matos, o próprio Oswald e outras.

SUÊNIO: Gosta da poesia do Gullar?

SANT'ANNA: Já gostei mais. Não sei o que houve com o Gullar. Respeito-o como pessoa, intelectual, mas discordo dele. Gullar representa hoje um pouco aquele cara que foi comunista, vanguardista e quando deixa de ser começa a brigar com o passado. Mas é bom que exista um Ferreira Gullar e um Haroldo de Campos até para que haja debate. Agora, se for colocar minha posição, tendo muito mais para o Haroldo do que para o Gullar.

SUÊNIO: Você trilhou um caminho diferente das vanguardas, mais distanciado.

SANT'ANNA: A vanguarda foi uma boa influência, mas sempre fui esperto o suficiente para ler uma poesia concreta e depois descobrir que certas coisas já estavam ficando gastas, como neologismos, por exemplo. Idolatro o Joyce, mas ele já fez. Quando falo de vanguarda, é o espírito que ela abre para você poder experimentar, ter a sua originalidade.

SUÊNIO: Independente?

SANT'ANNA: Totalmente. Inclusive se quiser escrever algo tradicional, permito-me numa boa. Ninguém vai chegar e perguntar. Esse crítico de teatro sobre quem escrevo agora, por exemplo, é um sujeito anacrônico. Tem uma grande gozação em cima da arte e da vanguarda, goza a literatura inteira.

SUÊNIO: Que autores contemporâneos lê?

SANT'ANNA: Há muita coisa saindo que não li. Patrícia Melo, bons romances policiais, tenho curiosidade. Identifico-me muito com o João Gilberto Noll, para mim o melhor da minha geração, um prestígio merecido. Leio com o maior prazer o Rubem Fonseca, apesar daquela técnica dele, mas está sempre explorando caminhos; Bráulio Tavares; o Caio Fernando Abreu fez coisas interessantes, não posso dizer que gosto da obra toda dele, mas também tinha um espírito de novo. Também é um cara da década de 70. Na verdade, a gente tem a ver com as décadas. Até implico quando falam que sou, mas de alguma forma sou mesmo.

SUÊNIO: Sim, isso é visível, sua fala coincide com a de outro escritor da sua geração, o paranaense Wilson Bueno. Esse romance sobre o crítico de teatro será a obra-prima de Sérgio Sant'Anna?

SANT'ANNA: Corre o risco de ser um fracasso total, quem dera fosse. Tem hora que me desespero. Obra-prima não vai ser, posso garantir. Esse livro vai ter momentos muito bons. Sou uma pessoa de determinados blocos narrativos. Há capítulos que gosto muito mais do que outros, onde desenvolvo com certa autonomia. Mas o livro está longe de ser resolvido e isso me enlouquece. É sempre algo muito sofrido.

Literatura para mim é um problema, porque vivo de crises.

## LYGIA FAGUNDES
# TELLES

Uma das mais premiadas escritoras brasileiras, Lygia Fagundes Telles nasceu na cidade de São Paulo em 19 de abril de 1923. Escreveu romances de grande sucesso, que já superaram a marca de trinta edições, como *Ciranda de pedra* e *As meninas*, adaptados para a TV e o cinema, respectivamente. Além deles, publicou *Verão no aquário* e *As horas nuas* e os livros de contos *Antes do baile verde*, *Seminário dos ratos*, *Mistérios*, *A estrutura da bolha de sabão*, *A noite escura e mais eu* e *Invenção e memória*, além do livro de ensaios *Reunião de dispersos*. Traduzida em cerca de quinze línguas, tem sido estudada em universidades brasileiras e do exterior. Formada em Direito e Educação Física, recebeu, dentre outros, o Prêmio Jabuti, concedido pela Câmara Brasileira do Livro, por três vezes (em 1965, 1974 e 2001), além da Bienal Nestlé de Literatura. Terceira mulher eleita para a Academia Brasileira de Letras, foi casada com o jurista Goffredo da Silva Telles (1915) e com o estudioso e fundador de escolas de cinema Paulo Emílio Salles Gomes (1916-1977), autor, dentre outros, do romance *Três mulheres de três pês*.

SUÊNIO: Queria que você falasse um pouco da sua infância.

TELLES: Foi bastante selvagem, inocente. Vejo as crianças hoje tão avançadas, amadurecidas... Meu pai era promotor público, então passei boa parte da infância em pequenas cidades do interior de São Paulo. Convivi muito com bichos, principalmente cachorros. Eram casas grandes, com jardins, quintais, pomar com jabuticabeiras e aquela cachorrada. Eu tive muitas pajens. Minha mãe recolhia em casa aquelas moças perdidas e ficava com elas. Era um sistema bastante casa-grande e senzala e cada uma daquelas órfãs se transformava em pajem. A palavra é pajem, e a não babá usada no Rio. É uma palavra bonita, não?

As escolas eram precárias, estudei muito em colégios de freiras. A gente cantava muito, rezava... Eu lia o *Almanaque do Tico-Tico* e ouvia muitas histórias. Essas pajens sabiam tantas histórias... E eu também contava muitas para elas e foi aí que eu comecei a escrever. Antes de saber propriamente escrever, eu já inventava as histórias, ia juntando um caso com outro e ficava uma espécie de corrente cintilante. Cintilante porque a imaginação é cintilante. As crianças de hoje estão muito aplacadas, diminuídas. A bela tradição da história contada desapareceu. Os pais não têm tempo para contar histórias e as crianças também não têm tempo para ler... A televisão é um prato feito. Esse é um dado da minha infância, inventar e também receber a invenção alheia. Um início que não esqueci e me inspirou quando comecei a escrever.

SUÊNIO: Creio que era muito romântica.

TELLES: Sim. Tinha as histórias que a minha mãe contava, coisas da minha família... Há uma antiqüíssima. Contei há pouco na UERJ, no Rio de Janeiro, e as pessoas pensaram que era invenção, mas não. Uma tia, a Elzira, lá longe, se apaixonou por um doutor chamado Paixão, que era mestiço. A família pressionou, não queria que ela continuasse o namoro e separaram-na dele. Ela ficou tão triste, mas tão triste que começou a colocar toalhas ensopadas sob a camisola em noites de inverno. Era tão frágil que acabou tuberculosa. Morreu num inverno intenso, não se encontravam flores em lugar algum. Não havia flores nos jardins. De repente, batem à porta e entra um mensageiro com uma braçada de lírios! O moço louro entregou as flores e sumiu. Algumas tias minhas cochicharam dizendo que era um anjo... Ela era poetisa. O pedido dela foi que enchessem o travesseirinho do caixão com os poemas que fazia para o seu amado. Eram tantos os poemas que transbordaram. Foi enterrada virgem e inédita! [*risos*] Essa história... Acho que as pessoas desconfiam, a Lygia...

SUÊNIO: É ficção pura.

TELLES: Mas não é! Essa e tantas outras histórias que me contavam, esse fio cintilante do imaginário cercaram muito a minha meninice. Quando a minha família se mudou para São Paulo eu era uma péssima estudante, repetia todos os anos, não tinha base. Nas escolas, tratavam-me muito bem porque eu era filha do promotor. Adulavam-me e eu passava sem saber nada. [*risos*] Quando cheguei em São Paulo dei uma brecada, tive que recuperar o tempo perdido. Comecei a ler literatura brasileira e me apaixonei pelos românticos. Mais tarde, claro, pude ver que a nossa escola romântica era da maior qualidade, comparada com o romantismo francês, alemão... Minhas paixões eram Gonçalves Dias e Álvares de Azevedo, com a sua poesia da dúvida, influência de Byron. Na terceira geração, evidentemente Castro Alves. A poesia de amor dele é deslumbrante. A paixão abrasadora por Eugênia Câmara, que ele chamava de Dalila, aquele ardor, desespero... A poesia social eu acho menor dentro da sua obra. Essas influências foram marcantes para a minha adolescência. Lia muito, de forma desordenada, sem parar... Clarice me falou certa vez que aconteceu o mesmo com ela. Líamos inicialmente atraídas pela capa e pelo título. Entrava numa livraria, gostava do título, da capa, e comprava o livro. Depois, comecei a fazer a minha seleção.

Na Faculdade, conheci Kafka, Thomas Mann, Hemingway, Faulkner, por quem tive paixão. Era uma mocinha de boina no mundo dos livros. Dos brasileiros, Érico Verissimo, Carlos Drummond de Andrade. Nossa! Fiquei entre assustada e deslumbrada. Depois vieram Guimarães Rosa, Graciliano Ramos, Jorge Amado, José Lins do Rego...

SUÊNIO: Proíbe a publicação dos seus três primeiros livros, *Porão e sobrado*, *Praia viva* e *O cacto vermelho*. Não se sente culpada em rejeitar estes filhos?

Telles: Você sabe, eu sou de Áries. Este é um signo dos seres impulsivos, que se queimam porque seguem seus impulsos. Sou quase Touro, então temos carneiro e touro... São bichos precipitados, que vão de cabeça nas coisas. Manuel Bandeira nasceu no mesmo dia que eu, 19 de abril. Ele fez um versinho:

> Salve o dia 19
> Onde nascemos os dois
> Eu, no século passado
> A Lygia um século depois.

Ele dizia que devíamos defender nossa cabeça porque ela era muito mais frágil, investíamos com tudo... Comecei a escrever muito cedo, não tinha formação nenhuma ou experiência, era imatura. Depois arrependi-me dos livros juvenis.

Suênio: Mas *O cacto vermelho* chegou a ser premiado.

Telles: Recentemente um professor de literatura chegou e disse: "Se você não contar esse livro na sua obra nós vamos cortar amizade, porque eu tenho paixão por ele!" Preciso fazer uma revisão. Sou muito, muito exigente. Tenho um sentimento de autocrítica muito grande. Em geral o artista é um narcisista. Pois eu sou uma insatisfeita.

Suênio: É comum ouvir que Clarice Lispector influenciou inevitavelmente todos os escritores do Brasil. Mas não vejo isto no seu caso. Essa não-influência foi algo intencional?

Telles: Boa pergunta. No meu caso talvez seja altivez, soberba, mas o fato é que toda vez que eu gostava muito de um autor, que o achava importante, quando via que podia exercer influência sobre mim eu o abandonava. Tinha horror de me impregnar do outro. O tempo todo você está se impregnando através da pele, do ouvido, dos olhos... Fica perigosa tamanha devoção, que pode transtornar o seu estilo. Então descobri que tinha caminhos próprios e iria trilhá-los sem influências, impregnações. Queria essa liberdade. Devo dizer que no caso da Clarice, não havia esse perigo. Embora eu a admirasse, eu não sentia a paixão que tinha por um Thomas Mann ou Dostoiévski. Quando li *Morte em Veneza*, *Crime e castigo* e outros fiquei completamente transtornada, o que não aconteceu com Clarice. Não esquecer Machado de Assis.

SUÊNIO: Mas sobre a influência de Clarice?

TELLES: Toda uma geração ficou deslumbrada, sem dúvida nenhuma. Conversei com ela sobre isso. Éramos da mesma geração.

SUÊNIO: Boa parte dos entrevistados para essa série vê Clarice com uma certa aura mítica. Uma mulher intransponível, hermética...

TELLES: Sim. Do mistério e tal... Ela gostava desse mistério. Alguns escritores querem manter essa aura de Greta Garbo que existe um pouco em cada um deles. Mas se preciso da solidão enquanto escrevo, preciso também do meu círculo de amigos. Alimento-me desses amigos. Não quero ficar só. Acho a solidão horrenda.

SUÊNIO: Seus primeiros livros saíram antes do primeiro livro dela.

TELLES: Sim, eu já estava com as minhas inspirações no prelo. Creio que essas minhas paixões literárias nunca perturbaram esse fluir, é a vocação. Sempre quis ter o meu estilo, a minha marca.

SUÊNIO: É formada em Direito pela tradicional Escola do Largo de São Francisco.

TELLES: Sim. Na entrada, no portal de pedra, há três nomes gravados, três poetas românticos que passaram por lá: Álvares de Azevedo, Fagundes Varela e Castro Alves. Nenhum dos três se formou. [*risos*] Álvares de Azevedo morreu aos 21 anos. "Se eu morresse amanhã..." Morreu mesmo. Fagundes Varela caiu de porre. Era mais velho, morreu com 33, um ancião para a época. Castro Alves morreu aos 24 com aquele tiro no pé, infecção, além da clássica tuberculose... Nenhum dos três se formou, por isso chamo-a "a escola de morrer cedo".

SUÊNIO: Advogou alguma vez?

TELLES: Fui durante trinta anos advogada do Instituto de Previdência do Estado de São Paulo. Cuidava dos casos dos funcionários, como morte, aposentadoria, pecúlios e pensões. Dava pareceres nos processos. Há uma história engraçada. Sempre terminava um parecer com uma frase-padrão: "Este é o nosso parecer, salvo melhor juízo". Certa vez o meu procurador-chefe chegou e disse: "Doutora, a senhora escreveu que não tinha nenhuma exigência a fazer, seu parecer diz: 'salvo melhor juízo'. Muito bem, há um melhor juízo: onde está a certidão de óbito do morto?" [*risos*] Eu tinha tanta pena daqueles requerentes, era uma pobreza tão grande, aquelas viúvas... Elas falavam: "Doutora, que dicumento a senhora quer?" Eu perguntava: "a senhora não tem aquele papel que diz que a senhora se casou com ele?". Elas respondiam: "Mas quem diz que eu sou casada?" Eu respondia: "Mas como é que eu vou autorizar uma pensão para a senhora?" "A senhora vai lá na minha casa que eu mostro os dez filhos dele!", respondiam. Eu tinha vontade de chorar. Pobreza, pobreza, pobreza... Escritor tem de ter compaixão – a paixão e a compaixão. Estamos num país de Terceiro Mundo. O desamparo, a ignorância...

SUÊNIO: Essa preocupação transparece em sua obra?

TELLES: As pessoas não vêem o que não querem. O desamparo do homem está no meu texto. Claro que não vou fazer como os americanos, lançar livros do tipo "Como conseguir amigos", "Como vencer na vida"... Não. Meus livros não são manuais de otimismo. A forma que encontro é ambígua, indireta. Vou por caminhos tortos senão o leitor não se interessa. Ele não quer saber de conselhos, ele quer imaginar. Sonhar. A sedução da palavra. Quer ver numa personagem alguma parte dele. *Seminário dos ratos*, por exemplo, é um livro bastante engajado. E *As meninas*? Procurei reproduzir, embora de um modo bastante ambíguo, um retrato da nossa sociedade, ou melhor, dos jovens em plena época da ditadura militar. Lá estão uma subversiva, uma burguesa e uma drogada. Ora, um escritor que no seu percurso topa com crianças completamente drogadas numa calçada pode ficar longe dessa miséria?! Não, eu sou lúcida. O que faço? Eu não tenho poder político nem econômico. Só tenho o poder da palavra para ajudar o meu próximo.

SUÊNIO: Em 1972, recebeu um prêmio francês pelo conto "Antes do baile verde".

TELLES: Sim, foi em Cannes, uma medalha de ouro. Nas Olimpíadas, os jornais fazem manchetes por uma de bronze. [*risos*] Do ponto de vista prático não adianta, porque ninguém está ligando para as nossas medalhas. É bom receber prêmios, mas esta é uma alegria muito íntima, que comemoro mais, digamos, comigo mesma.

SUÊNIO: Fez Educação Física numa época em que não se falava tanto em malhação, culto ao corpo.

TELLES: Não sigo modismos. Outro dia conversava com meu filho Goffredo sobre *A disciplina do amor*, livro que nasceu da disciplina que aprendi na juventude. Aprendi entrando na piscina, às sete da manhã, num frio terrível. Ginástica. Atletismo. Esgrima. É lindo esgrimir. Ainda assim não sou boa na defesa pessoal. Defendo-me mal. Treinava com um coração de feltro vermelho bem no centro do peito do uniforme. Era o alvo. O meu professor dizia: "Fagundes, olha esse coração descoberto!". Ele vinha e tchum! Pronto, morri. [*risos*] Conto isso num fragmento de *A disciplina do amor*, mas é bom repetir, afinal ninguém lê nada. Acho que falta muito ao nosso país essa disciplina, essa obediência às regras.

SUÊNIO: Considera-se uma escritora machadiana?

TELLES: Tenho paixão por Machado. É outro que leio, mas não insisto muito porque não quero sofrer influência. Fiz, inclusive, um roteiro de *Dom Casmurro*[14] para o cinema com o Paulo Emílio. É um escritor completamente extraordinário. É possível ter orgulho, ter vaidade num país como este, onde um escritor como Machado de Assis é desconhecido? Precisamos entender a

[14] A autora se refere ao roteiro do filme *Capitu*, escrito em parceria com Paulo Emílio, à época seu marido, e dirigido por Paulo César Saraceni. O roteiro foi editado pela Siciliano.

nossa condição, de escritores que lidam com uma língua ainda desconhecida. Isso me lembra Olavo Bilac quando fala: "Última flor do lácio, inculta e bela, que és a um só tempo esplendor e sepultura". Quando li esse soneto espantei-me. Meu Deus, é nessa língua que eu vou escrever? Sepultura?!

SUÊNIO: Concorda que sua obra passa uma certa amargura e pessimismo?

TELLES: Sim e não. Por exemplo, aquela personagem do conto "Anão de jardim" [*do livro A noite escura e mais eu*], ele quer ser Deus ou um escorpião ou uma estrela, quer movimento, superar a pedra, a imobilidade. Ele vê as pessoas em redor fazendo o diabo e começa a perceber melhor a condição humana. Mas acho que eu tenho senso de humor. Às vezes quero ser engraçada. [*risos*] Gosto da brincadeira. Todos nós temos uma criança em nós. De vez em quando ela nos espia, esse lado infantil nos acompanha até o fim. Existe uma vontade do humor, da graça da vida.

SUÊNIO: Há um fragmento de *A disciplina do amor* sobre a necessidade neurótica das pessoas. Você elenca uma série de necessidades engraçadíssimas.

TELLES: Esse livro é sério e engraçado. Meu filho o adora. Ele aparece em alguns fragmentos, com começo, meio e fim.

SUÊNIO: É o que mais lhe agrada?

TELLES: Não sei. Como os bichos, costumo me apaixonar pela última cria. O mais recente é o mais importante.

SUÊNIO: Falou recentemente à *Folha*: "Devíamos ser menos colonizados. Estamos mergulhados numa crise de colonialismo e vulgaridade".

TELLES: Sim, o Brasil é tomado por um sentimento de país colonizado que não existia nem na época em que éramos colônia. Essa vontade da cópia, do carbono, o desespero de imitar o outro... Veja a nossa língua: incrível como estamos impregnados do inglês. Há autores aqui da melhor qualidade, mas essa influência que nos chega do cinema e da TV não sofre nenhuma reação. Parecemos girassóis deslumbrados com o outro que vem de fora com suas regras. Acho a literatura brasileira da melhor qualidade, mas tudo é abafado pelas correntes estrangeiras que dominam o mercado.

SUÊNIO: Um amigo diz que há nos seus livros um certo saudosismo de uma época passada, permeada de chás, leques, chapéus.

TELLES: Não é saudosismo de uma época, mas personagens de outra época. Estamos caminhando agora em um novo milênio. Realmente havia em torno do planeta uma paz não armada. Uma paz mais profunda. O planeta se aproxima agora de algo mais perigoso, agressivo. Ou o planeta é isso mesmo? Precisamos então nos abrigar na leitura, na meditação, na música. Não entendo como João Cabral de Melo Neto não gosta de música. Ele detesta música. [*risos*] Tenho paixão pelo cinema e pela música. O que nos salva é o sonho, a nossa capacidade de sonhar – ai de nós sem o sonho. Se eu puder levar esses sonhos aos meus textos, se esses sonhos transparecerem no que escrevo, posso dizer que cumpri com o meu ofício. Acho que o sonho, a invenção podem desviar o homem até da loucura, até do vício. A salvação pode se dar pelo sonho.

SUÊNIO: Lygia, e os gatos?

TELLES: Ah, tenho paixão! Quando morriam, eu chorava tanto. Um deles era malcriado, insolente, arrogante. [*risos*] Gostava tanto dele. Não quero ter mais porque sofro muito quando morrem.

SUÊNIO: Quando deu vida a um presunçoso gato chamado Rahul, no romance *As horas nuas,* não teve medo de ser incompreendida?

TELLES: Ele lembra outras encarnações... Foi um menino antigo, foi um poeta homossexual, um atleta. Não, não receio nada. O leitor gosta! O personagem principal do conto "O crachá nos dentes" [*do livro A noite escura e mais eu*] é um cachorro que se transforma num humano graças ao amor. Um mutante que se transforma em gente quando ama e é amado. Acredito no amor. Esta é a fantasia. O sonho que tem de ser alimentado.

SUÊNIO: A questão do homossexualismo também é algo bastante recorrente.

TELLES: Sim. Creio que posso lidar com simplicidade nesse terreno. Nunca tive preconceitos, mesmo na época em que eram bem mais fortes. Isso é muito bom para a escritora, de poder lidar qualquer tema com verdade. Vejo na destinação do ser essa esplêndida liberdade. Num planeta tão difícil será que também o sexo deve pesar? Ora, é muita dificuldade a ser enfrentada. Além dessa nossa condição, somar a questão da preferência sexual?

SUÊNIO: Outro tema: a religião.

TELLES: Sim. Deus está em mim. Mesmo quando não invocado, Ele está presente. Fui educada dentro da Igreja Católica. Fui anjo de procissão, coroava a Virgem. Essa lembrança de uma infância completamente carola, beijando mão de padre, isso me marcou profundamente. Sempre tive paixão por Jesus. Hoje não freqüento igreja, não pratico a religião, mas a minha obra está permeada dela. Quero passar para o leitor este amor. Quando reli o meu conto "Anão de jardim", vi que podia ter dito mais. Gostaria de acrescentar a seguinte frase (ofereço-a agora a você): quando o anão percebe que a picareta vai destruí-lo ele pede a Deus uma vida nova. E se queixa muito dos apóstolos de Cristo que deviam ter defendido o Cristo. Por que os discípulos se esconderam? Deviam ter chegado lá e gritado: "Não! Esse é o nosso chefe!" Mas todos se esconderam. Enquanto Cristo estava sendo julgado, esse meu anão teria dito a seguinte frase: "Eu queria tanto ser uma serpente para entrar sorrateira e picar Pilatos no calcanhar". Esta frase eu achei tão boa. É que ele queria uma reação maior, como lavar as mãos no sangue de um inocente?! O anão de pedra queria que alguém fizesse algo. Desejo passar através das minhas personagens esta vontade de vida, de paixão. De luta.

SUÊNIO: Vez ou outra ironiza as feministas. Acredita numa literatura feminina?

TELLES: Creio que a literatura feita pela mulher tem características próprias sim, mais subjetivas, confessionais. Muito tardiamente a mulher começou a escrever, a se explicar. A brasileira, então, começou muito tarde. Ela não tinha voz própria. Quando

Saint-Hilaire, um naturalista francês, esteve aqui no Brasil ele não viu as mulheres nas fazendas. Elas eram escondidas, guardadas, pense nesse absurdo. Por que a Georges Sand (amante de Chopin) se vestia de homem? Porque era vedada à mulher uma fala e uma escrita próprias. E quanto às feministas, gostaria que elas se unissem mais em torno de causas que me tocam mais profundamente, como a prostituição da criança. As feministas defendem muito as delegacias das mulheres espancadas, estupradas, mas eu queria que houvesse uma fixação mais intensa em relação às meninas prostituídas, às nossas crianças vendidas nesses bordéis... De novo, volto à miséria, miséria, miséria... Pode soar racista, mas realmente elas estão fazendo o que podem dentro dos frágeis instrumentos de que dispõem.

SUÊNIO: Lygia Fagundes Telles é sempre associada à elegância e à aristocracia.

TELLES: De fato minha família é de 400 anos, bastante tradicional na sociedade brasileira, mas essa coisa de aristocracia é ridícula. Passei minha adolescência em pensões. Meu pai era um jogador. Nós perdemos tudo. Minha família perdeu tudo, não tínhamos nada. Meus parentes tinham dinheiro e isso me fez sofrer muito. O adolescente sofre muito com essa coisa da diferença social. Via as minhas primas ricas... A família sim, tinha raízes bastante refinadas, mas perdemos tudo. Trabalhei muito para poder estudar.

SUÊNIO: E a velhice?

TELLES: Não me preocupa. Bem, vejo as mulheres muito preocupadas. Mas, engraçado, temo as doenças humilhantes, não a morte. Claro que é bom envelhecer bem, se mostrar o melhor possível, mas essa loucura pela juventude... Conheci uma mulher que enlouqueceu de tanto pavor!

A coisa da decomposição do que era composto, harmonioso, isso me desagrada mais do que a morte. Mas, apesar disso, a vida vale a pena ser vivida sempre. Se estou tentando cumprir meu ofício com seriedade e paixão, não peço mais nada.

## Luis Fernando
# Verissimo

Filho do escritor gaúcho Érico Verissimo (autor de *O tempo e o vento* e *Incidente em Antares*, dentre outros), o jornalista, comediante e roteirista Luis Fernando Verissimo nasceu em Porto Alegre, no dia 26 de setembro de 1936. Tem seus livros com freqüência incluídos na lista dos mais vendidos, como *O analista de Bagé*, *A velhinha de Taubaté*, *Ed Mort* e *Comédias da vida privada*, dentre outros. Escreveu ainda *O jardim do Diabo*, *Amor brasileiro*, *A grande mulher nua*, *O popular*, *O clube dos budas ditosos*, *As mentiras que os homens contam* e *Comédias para se ler na escola*. Divide seu tempo entre as funções de chargista, colaborador de programas de humor e articulista do jornal *Zero Hora*. É casado com Lúcia Massa.

SUÊNIO: O primeiro livro que o senhor leu foi *Totem e tabu*, de Sigmund Freud, da biblioteca do seu pai, o escritor Érico Verissimo?

VERISSIMO: Minhas leituras de garoto foram normais. Li gibi, livros de aventura, Tarzã e, eventualmente, pelo fato de viver numa casa de escritor, onde livro é algo sempre presente, comecei a explorar a biblioteca do meu pai. Um dos primeiros livros de gente grande que li foi esse sim, apesar de só entender a metade, mas li todo.

SUÊNIO: Leu os livros de seu pai desde o início? Discutia literatura com ele?

VERISSIMO: Não. Quando era garoto havia livros que não podia ler, pois, por incrível que pareça, alguns livros do pai eram considerados "fortes", com cenas de sexo. Comparado ao que se vê hoje era uma bobagem. Não que os livros fossem escondidos, mas havia uma certa resistência às crianças pegarem. A partir de um certo momento passei a ler e a acompanhar a produção dos seus livros. Lembro dele datilografando *O tempo e o vento* à máquina, depois corrigia. O livro *Noite* também. Ele ia batendo e eu, lendo. Tínhamos um ótimo relacionamento, mas sempre fomos quietos, não conversávamos sobre assuntos não ligados à família.

SUÊNIO: Ele chegou a ler e criticar seus textos?

VERISSIMO: Sim. Quando comecei em jornal, em 1969, ele leu e acho que gostou.

SUÊNIO: Vê humor na obra dele? Acho que é mais visível no romance *Incidente em Antares*.

VERISSIMO: Acho que tinha bastante, mesmo naqueles como *Olhai os lírios do campo* e *Caminhos cruzados*. Tinha uma veia satírica naquele retrato da burguesia porto-alegrense; a pequena burguesia se mudando do interior para a cidade, a descrição de alguns personagens... Creio que todo livro dele tinha um pouco.

SUÊNIO: Até num livro como *O resto é silêncio*?

VERISSIMO: Não me lembro bem desse. É sobre o suicídio da Joana... Acho que também tem, só que não é a tônica dele.

SUÊNIO: É possível ver humor em obras como as de Dostoiévski? Apesar de muitos não concordarem, ri bastante quando li *A metamorfose*, de Franz Kafka.

VERISSIMO: Em Kafka, sim. Toda a obra dele tem um humor de *nonsense*, da discrepância. Dostoiévski não sei, não me lembro de nada...

SUÊNIO: O senhor começou em 1967 no jornal *Zero Hora*?

VERISSIMO: Quando comecei em jornal eu conciliava com a publicidade porque não dava para viver de jornalismo naquela época. Copidesque foi uma experiência, pois não precisava de diploma para trabalhar em jornal. *Zero Hora* era um jornal pequeno, lutando com dificuldade para sobreviver, então a gente tinha carreiras vertiginosas lá. Fiz várias atividades em poucos meses.

SUÊNIO: É por isso que prefere ser chamado de jornalista e não de escritor?

VERISSIMO: É porque de uma maneira ou de outra tudo o que escrevo é para ser publicado logo no dia seguinte ou na semana seguinte. Toda a minha atividade de escritor é uma atividade jornalística.

SUÊNIO: Mas ficou bastante conhecido após a publicação de livros como *O analista de Bagé*, *A velhinha de Taubaté* e *As comédias da vida privada*.

VERISSIMO: Todos são coleções de crônicas já publicadas na imprensa, uma conseqüência do jornalismo. A única exceção foi o romance que escrevi. Esse livro [*O jardim do diabo*] me ensinou que para fazer um bom romance a gente tem de ter tempo, disponibilidade e cabeça. Seria impossível fazer outro, pois precisaria de ter tempo. Acho que o título de jornalista é mais exato. Gosto quando me chamam de escritor, fico envaidecido, mas sou jornalista.

SUÊNIO: Também não gosta de ser chamado de humorista?

VERISSIMO: Não, até que gosto, mas acho também que é um título que não mereço muito porque faço humor eventualmente, não sou uma pessoa humorística, alguém que tem uma reação humorística sobre as coisas. Normalmente minha tendência é reagir mais pelo lado depressivo do que propriamente humorístico, mas posso sentar à frente da máquina e produzir humor. É uma questão de técnica e vocação.

SUÊNIO: Imaginamos os escritores de humor como pessoas bastante divertidas, felizes e bem-humoradas.

VERISSIMO: Acho que é exatamente o contrário disso. Não existe nada mais triste que uma reunião de humoristas. Tem alguns humoristas que são naturalmente assim. O Ziraldo, por exemplo, é muito bem-humorado, mas o normal é ele ser uma pessoa triste, porque no fundo acho que o humorista é um moralista. Ele está sempre pedindo as coisas. Pelo seu senso moral, pode ser até um chato. Acho que quando a gente faz essa crítica de costumes da sociedade, sempre parte de um ponto de vista que, no geral, é moralista.

SUÊNIO: O texto de humor no geral é bastante forçado, não-espontâneo.

VERISSIMO: Acho que sim. De certa maneira, é difícil de fazer. Depende muito do efeito, da surpresa, da comparação insólita que causa o riso, algo que você não percebe normalmente e ao mesmo tempo tem de ser isso que você falou, espontâneo, sem mostrar que foi muito trabalhado. O bom humor não é fácil de fazer.

SUÊNIO: Clarice Lispector perguntou ao seu pai[15] sobre o que ele achava das críticas que o consideravam pouco profundo. E o senhor?

VERISSIMO: O pai sempre dizia que era um contador de histórias, que não procurassem nada muito filosófico, denso na obra dele. Acho que sou um pouco isso também. Não procuro ser denso, e acho que nem saberia ser.

SUÊNIO: Há alguns anos havia um ônibus de turistas em Porto Alegre que tinha como programa mostrar a casa dos Verissimo.

VERISSIMO: Eram roteiros organizados pela Secretaria de Turismo. Quando estávamos fora, acenávamos, o pessoal sorria, mas deve ter acabado. O ônibus não tem aparecido.

SUÊNIO: Em que sentido viajar ajuda?

VERISSIMO: Obviamente, quanto mais experiência de vida uma pessoa tem, de conhecer outros mundos e culturas, mais ela se enriquece. Viajo também para fugir da informação. Vivo em função da notícia e viajar é uma maneira de fugir disso.

SUÊNIO: No livro *América* há opiniões suas bastante sérias. Escreve sobre jazz, cinema, futebol, imperialismo. Havia a intenção de se posicionar em relação a esses temas?

VERISSIMO: Alguns daqueles textos foram escritos especificamente para o livro e outros são da época em que morei nos Estados Unidos, então aproveitei alguns textos antigos sobre o país.

[15] Cf. *De corpo inteiro*, de Clarice Lispector (Rio de Janeiro: Rocco, 1999), p. 24.

Tenho uma longa experiência de vida por lá. Sempre fui muito ligado e interessado na cultura norte-americana, e aproveitei esses textos.

SUÊNIO: Inclusive aqueles que falam da má influência da cultura norte-americana sobre a nossa?

VERISSIMO: Vejo qualquer tipo de imperialismo cultural como um mal, na medida em que distancia as pessoas da sua própria cultura, mas acho que não devemos ser de maneira nenhuma xenófobos. Temos, entretanto, de nos valorizar ao invés de nos proteger. Nesse sentido essa influência, não só no Brasil, tem sido horrível. Acho que devemos manter uma atitude crítica em relação à cultura deles, apenas aproveitando e admirando o bom.

SUÊNIO: Nosso sentimento colonialista é muito grande, não?

VERISSIMO: Sem dúvida. Está ficando cada vez pior. Essa coisa da língua inglesa no nosso dia-a-dia, nomes difíceis, etc.

SUÊNIO: Sim, a escritora Lygia Fagundes Telles fala disso em sua entrevista. Lê pensadores, filosofia?

VERISSIMO: Não. Houve uma época em que li, era onívoro, pouco seletivo. Atualmente leio mais para me informar, trechos de várias coisas, mais do que livros inteiros. Mas já li dos mais complicados aos mais superficiais. Também adoro história em quadrinhos, *cartoons*, desenhos.

SUÊNIO: O que acha dos autores norte-americanos H. L. Mencken e Gore Vidal?

VERISSIMO: Gosto muito porque são escritores maldosos, ferinos, mas que a gente gosta de ler. O Mencken foi um grande crítico da sociedade norte-americana; o Gore Vidal também é. Meu estilo é menos contundente.

SUÊNIO: Há rumos, possibilidades para a nossa política?

VERISSIMO: Creio que estamos num período de espera; a coisa da esquerda e da direita... Vamos continuar ainda nesse período, mas as coisas vão acabar se definindo. Essa onda neoliberal, aparentemente triunfante e invencível, acho que vai haver uma reação, um realinhamento. Não na divisão clássica esquerda-direita, capitalismo-socialismo. Bem ou mal, as coisas melhoram. O grande mal do brasileiro é que ele não se lembra. Ainda não tivemos a nossa revolução burguesa, nossa Revolução do final do século XVIII. Temos uma elite que mantém uma inconsciência social e consegue perdurar.

SUÊNIO: Qual foi o nosso presidente mais engraçado?

VERISSIMO: [*pausa*] Acho que foi o Itamar Franco. Aquela coisa dele meio medíocre, até no bom sentido, de repente conseguiu projetá-lo para a História com seu jeitão meio caipira. Mas os nossos políticos são uma projeção da sociedade brasileira, mais ou menos engraçada.

SUÊNIO: Como analista, não pode ser totalmente cético ou pessimista senão já teria abandonado a crítica.

VERISSIMO: Claro. Acho que há razões para ser otimista. Precisamos reconhecer, apesar de todas as críticas que faço, que Fernando Henrique foi um avanço, se olharmos para Sarney e Collor.

SUÊNIO: Outra questão feita por Clarice ao seu pai: "Sente-se realizado como escritor?"

VERISSIMO: Este é o tipo de pergunta que não entendo. Sentir-se realizado? Não sei bem o que é isso. Se for se sentir bem consigo mesmo, acho que sim. Depende muito do momento também.

SUÊNIO: O que um humorista, com mais de 60 anos, diria a um escritor de textos de humor?

VERISSIMO: Quando a gente se dá conta, já é um figurão. Não teria nenhum conselho para dar. Acho que o negócio é seguir a sua vocação. O humorista tem os mesmos desafios que qualquer outra pessoa. É importante conseguir o seu espaço... Mas creio que um velho humorista não tem nada a dizer no sentido que não se pregam receitas. O importante é ser persistente.

SUÊNIO: Alguns desejam entrar na Academia. E o senhor? [*risos*]

VERISSIMO: Entrar para Academia?! [*risos*] De jeito nenhum. Tem muita gente lá que respeito, mas é uma coisa que não teria sentido nenhum.

SUÊNIO: Não há espaço lá para quem escreve textos de humor?

VERISSIMO: Creio que sim. O João Ubaldo e outros escrevem com muito humor. Mas talvez o que falte à Academia seja exatamente humoristas.

# ÍNDICE ONOMÁSTICO

Jorge AMADO: JA
Gilberto BRAGA: GB
Wilson BUENO: WB
João CABRAL de Melo Neto: JC
Antonio Carlos CALLADO: AC
Paulo COELHO: PC
Carlos Heitor CONY: CC
Autran DOURADO: AD
Dias GOMES: DG
Ferreira GULLAR: FG
Carlos HERCULANO Lopes: HL
Állex LEILLA: AL
Ignácio de LOYOLA Brandão: IL
Lya LUFT: LL
Nélida PIÑON: NP
Hélio PÓLVORA: HP
Rachel de QUEIROZ: RQ
Affonso ROMANO de Sant'Anna: AR
Sérgio SANT'ANNA: SS
Lygia Fagundes TELLES: LT
Luis Fernando VERISSIMO: LV

– A –

## – B –



## – C –

– H –



– I –



– J –



– K –



– L –

– M –



– N –

## – O –



## – P –



## – Q –



## – R –

## – S –



## – T –



## – V –

– W –



– X –



– Z –

Impresso em setembro de 2001, em papel Off set 75 $g/m^2$,
nas oficinas da Palas Athena.
Composto em AGaramond corpo 12 pt.

Não encontrando este título nas livrarias,
solicite-o diretamente à editora.

**Escrituras Editora e Distribuidora de Livros Ltda.**
Rua Maestro Callia, 123 - Vila Mariana - 04012-100 São Paulo, SP
Telefax: (11) 5082-4190 - www.escrituras.com.br
e-mail: escrituras@escrituras.com.br (Administrativo)
e-mail: arte@escrituras.com.br (Arte)